2,50

Knaur

Über die Autorin:

Susan Fromberg Schaeffer wurde in Brooklyn geboren. Bereits als Kind brachte sie streunende Katzen nach Hause, und mit acht Jahren schrieb sie ihre erste Geschichte. Sie absolvierte ein Studium an der University of Chicago und unterrichtete über dreißig Jahre lang englische Literatur. Sie hat elf Romane und fünf Gedichtbände veröffentlicht und viele Preise erhalten. Heute lebt sie in New York und Vermont.

Susan Fromberg Schaeffer

Der Philosoph unterm Bett

Die Autobiographie des Katers Foudini

Aus dem Amerikanischen
von Andreas Rieger

Knaur

Die amerikanische Originalausgabe erschien 1997
unter dem Titel »The Autobiography of Foudini M. Cat«
bei Alfred A. Knopf, New York

Besuchen Sie uns im Internet:
www.droemer-weltbild.de

Vollständige Taschenbuchausgabe 2000
Droemersche Verlagsanstalt Th. Knaur Nachf., München

Umschlaggestaltung: ZERO Werbeagentur, München
Umschlagfoto: Bildagentur Schuster / Liaison
Druck und Bindung: Ebner Ulm
Printed in Germany
ISBN 3-426-61244-5

2 4 5 3 1

Für Neil

Vorwort des Autors

Ich kam in die Welt wie alles, was geboren wird, ungefragt und ob ich wollte oder nicht. Bücher hingegen kommen nicht auf diese Weise zustande. Für das Entstehen eines Buches gibt es immer einen Grund, und hoffentlich einen guten. Der Anlaß, dieses Buch zu schreiben, war die Ankunft von Katze Grace, einer kleinen und sehr jungen grauen Landkatze aus Maushausen. Geschmeidig ist sie, und ihr Fell glänzt, sie ist einfach wunderschön. Aus ihren Ohren wachsen riesige graue Fellbüschel. Katze Grace ist mir von der Frau zugewiesen worden, und deshalb bin ich für sie verantwortlich.

In vielerlei Hinsicht ist sie eine sehr interessante Katze, obgleich sie mir ganz und gar nicht ähnelt, da sie ewig darauf aus ist, Unfug zu treiben. Doch weil ich älter und klüger bin als sie, achtet Katze Grace meinen Rat und erwartet von mir die Erklärung aller Dinge und wie sie miteinander zusammenhängen. Deshalb habe ich mir von Katze Grace (die im folgenden gewöhn-

lich kurz Grace genannt wird) die Zusage abringen lassen, für sie die Geschichte meines Lebens als Hauskater in der menschlichen Welt niederzuschreiben.
Grace wird viel aus meiner Geschichte lernen können, doch scheint sie es nicht sehr eilig damit zu haben, denn gerade in diesem Augenblick stürzt sie sich auf die Hand des mir zugewiesenen Menschen, der so dumm war, sich auf dem Treppenabsatz niederzulassen, mit der Hand auf dem Geländer. Eine menschliche Hand mit fünf herabbaumelnden Fingern, die sich ganz sachte bewegen, ist zwangsläufig eine unwiderstehliche Versuchung für eine so junge Katze wie Grace, die, man kann ruhig sagen, ganz verrückt ist vor Jugend.
Katze Grace ist nicht wie ich, aber ich habe sie trotzdem ins Herz geschlossen. Von nun an wird die Geschichte meines Lebens zu einem großen Teil auch die Geschichte ihres Lebens sein. Da sie ein so voreiliges und törichtes Geschöpf ist, kann es ihr nur nützen, wenn sie weiß, was vom Leben zu erwarten ist, damit sie lernt, sich dem Schicksal zu fügen und sich anzupassen, wie das jede Hauskatze muß.
Ich sage dies alles, um deutlich zu machen, daß ich nicht aus blanker Eitelkeit meine Autobiographie schreibe. Ich bin nicht sehr eitel. Katzen stehen ziemlich unverdient in dem Ruf, eitel, unangepaßt und eigenständig zu sein, während man uns doch eher unserer Fähigkeit wegen rühmen sollte, auf uns selbst

gestellt existieren und träumen zu können. Wenn andere Katzen so sind wie ich – ich bin mir dessen nicht sicher, aber ich glaube, sie müssen so sein wie ich –, dann möchte ich behaupten, daß Katzen im allgemeinen kontemplative Tiere sind, daß sie bescheiden und anspruchslos sind, wenngleich sie manchmal vielleicht allzusehr ihren eigenen Gedanken nachhängen. Das ist möglicherweise auch unser größter Fehler, fürchte ich, daß wir mit unseren Betrachtungen über die Welt, die uns umgibt, so wunschlos glücklich sind – wenn wir erst einmal unsere Katzenkinderstubenzeit hinter uns gebracht haben.
Ich kann nicht behaupten, daß Grace schrecklich nachdenklich ist, obgleich sie ja noch ein sehr junges Kätzchen ist. Sie ist ein gutes Jahr alt und ändert sich vielleicht noch, aber ich habe daran meinen Zweifel. Gerade jetzt, während ich schreibe, springt Grace auf einen Stuhl und bumst mit ihrem Kopf gegen die Leisten der Rückenlehne. Einige Zeit dachte ich, sie sei eine äußerst unbeholfene Katze, aber jetzt begreife ich, daß ihre Augen ihr Probleme machen. Sie sieht nur Dinge scharf, die weiter fort sind, deswegen springt sie oft auf niedrige Tische, auf Küchenregale oder auf einen Schranksims und baumelt dann unverhofft an ihren Krallen. Eben ist sie wieder auf den Handlauf des Treppengeländers gesprungen und auf den Fußboden gefallen. Grace kann Entfernungen nicht abschätzen. Gerade weil sie sowenig Urteilsver-

mögen hat, schreibe ich dieses Buch. Ich bin gespannt, was sie daraus macht.

Jetzt ist Grace ganz erschöpft von ihrem flinken Katzenspiel und hat sich auf dem Teppich zusammengerollt, ihren verschwenderisch langhaarigen, flauschig weichen Schwanz über sich gebreitet, und so will ich also anfangen.

Am Anfang war ich kein Hauskater.

Ich kam in einer Mauer zur Welt. Als ich geboren wurde, war es sehr kalt. Überall war das Wasser gefroren, so daß es schwierig war, etwas zum Trinken zu finden. Es schneite unaufhörlich, und meine Mutter mußte viel Zeit aufbringen, um Nahrung und einen warmen Platz zu finden, an dem wir beide leben konnten. Ich selbst habe keine Erinnerung mehr an das lange anstrengende Suchen nach Nahrung, aber meine Mutter erzählte mir von den aufregenden Streifzügen durch die Straßen auf der Jagd nach einer Gelegenheit, einen Plastikmüllbeutel aufzuschlitzen. Ich erinnere mich aber noch genau, wie schrecklich kalt es war. Ich weiß noch, wie ich zitterte, bis ich ganz erschöpft war, und daß meine Mutter so dünn geworden war, daß ihre Rippen unter ihrem Fell hervortraten. Auf ihr zu schlafen war nicht mehr so weich wie zu Anfang, als ich hier auf der Welt zu mir kam.

Meine Mutter war eine intelligente und weitsichtige

Katze, denn schließlich fand sie doch ein außergewöhnlich gutes Zuhause für uns. Sie war auf ein Mietshaus gestoßen, dessen Kellerfenster nicht mehr fest saß. Durch die Lücke zwischen Wand und Fenster zog sie mich hinein, und wir befanden uns in einem warmen Keller, der sogar noch wärmer und wunderbarer wurde, wenn die Waschmaschinen und Wäschetrockner in Betrieb waren. Meine Mutter machte die gemütlichsten und sichersten Plätze ausfindig und zeigte mir, wie man dort schlief. Mein Bett war unter dem Trockner und hinter der Waschmaschine, und meine Mutter achtete darauf, daß ich mich versteckte, sobald jemand herunterkam, um die Geräte zu benutzen.

Es konnte kaum einen besseren Ort für eine Katze mitten im Winter geben. Als wir dort ankamen, gab es eine Menge Mäuse. Meine Mutter fing sie, und wir verspeisten sie. Doch bald hatte sie alle Mäuse gefangen, und schließlich hatten wir nichts mehr zu fressen. Nachdem wir so drei Tage ohne Nahrung verbracht hatten, ging meine Mutter wieder hinaus durch das Fenster, um nach etwas Eßbarem zu jagen. Natürlich ging ich davon aus, daß ich sie wiedersehen würde. Ich erwartete, ihre Stimme zu hören, die zu mir sagte: »Sieh mal, was ich für dich habe.« Ich begriff nicht, daß sie nie wiederkommen würde. Wer hätte so etwas auch für möglich gehalten? Doch sie kam nicht zurück, und ich mußte selbst für mich sorgen in diesem

Keller, in dem ich es zwar warm hatte, aber hungerte. Eines Tages lief eine Maus genau vor mir her, und ich versuchte, mich auf sie zu stürzen. Aber sie war schneller als ich und rannte davon. Es dauert lange, ein guter Mausejäger zu werden, und viele kleine Katzen sterben vor Hunger, ehe sie zu jagen gelernt haben. Die Welt ist nicht einfach.
Hörst du das, Grace, wenn du dort auf deinem weichen Teppich vor dem warmen Heizlüfter schläfst? Die Welt ist nicht einfach. Bilde dir das nicht ein. Ich erinnere mich, von einem Hauskater gehört zu haben, der aufs Land mitgenommen wurde und zum erstenmal das Haus verlassen durfte. Ohne links oder rechts zu schauen, war der geradewegs in die Wälder gelaufen, und wäre ihm sein Mensch nicht nachgeeilt und hätte ihn wieder eingesammelt, dann wäre er von den Waschbären gefressen worden. Aber wie hätte er es auch besser wissen sollen, da sich doch über Jahre der gesamte Haushalt nur um ihn gedreht hatte?
Eines Tages kam ich hinter meinem Wäschetrockner hervor in der Absicht, noch einmal nach einer Maus Ausschau zu halten. Aber die vier Beine unter mir waren so schwach, daß ich mit einemmal mitten auf dem kalten Zementfußboden saß. Genau in dem Augenblick kamen ein Mann und eine Frau herein, und die Frau rief: »Oh, sieh mal, ein kleines Katerchen!« Sie kam zu mir herüber und wollte mich aufheben. Aber ich hatte gesehen, wie sich meine Mutter gegen diese

menschlichen Geschöpfe zur Wehr setzte, und ich war klug, wenn auch winzig. Also zischte ich die Frau an, rollte mich auf den Rücken und streckte meine Krallen aus, die allerdings noch sehr zart waren. Dann flüchtete ich zurück in meine Wohnecke hinter dem Trockner.

»Dieser Kater ist wild«, sagte der Mann.

»Er ist ausgehungert«, meinte die Frau. »Was wohl mit seiner Mutter geschehen ist?« Dann meinten sie, wie klug meine Mutter gewesen sei, mich in einem warmen Keller versteckt zu haben. Es gefiel mir, das zu hören, denn auch wenn ich noch jung war, wußte ich, daß sie recht hatten.

Später, mit wachsendem Hunger, kam ich immer öfter aus meinem Versteck hervor, und mir schien, als tauchte dann auch regelmäßig die Frau auf, die mich jedesmal zu fangen versuchte, aber ich war zu schnell für sie. Als sie einsah, daß ihre Bemühungen sinnlos waren, brachte sie einen Teller Trockenfutter herunter. Der Geruch war köstlich, doch die kleinen, harten Stückchen waren zu schwer zu kauen. Als die Frau das bemerkte, schüttete sie ein Glas warme Milch in die Schüssel, wodurch das Futter weich genug wurde und ich zu essen begann. Die Frau schien sehr zufrieden darüber zu sein, und ich begann sie zu mögen, aber ich aß niemals, ohne sie aus den Augenwinkeln sorgsam im Blick zu behalten, schließlich könnte sie ja plötzlich wieder auf die Idee kommen, über mich her-

zufallen, um mich zu fangen. Aber sie sah mir nur zu und lächelte.
Dann, eines Tages, kam sie mit einem Karton herunter, und ich wußte sofort, daß sie vorhatte, mich da hineinzupacken, deshalb begann ich erneut, mich vor ihr zu verstecken. Dieses Mal wartete sie länger damit, mich zu füttern. Sie wartete so lange, bis sie sicher war, daß ich wirklich hungrig war und aus der Schüssel fressen würde, während sie mir zusah. Trotzdem, sobald sie die Hand ausstreckte, um mich zu berühren, war ich hinter dem Wäschetrockner. Ich war eine gescheite Katze, wie meine Mutter, und ich hatte ganz und gar nicht vor, mich fangen zu lassen und dann in irgend jemandes Kochtopf zu landen. Denn, wie meine Mutter mir beigebracht hatte, ist das genau, was mit dummen kleinen Katern passiert, die sich von jedem x-beliebigen Dahergelaufenen hinter den Ohren kraulen lassen.
Ich wäre vor dieser Frau sicher gewesen, und mein Leben wäre vollständig anders verlaufen, wenn ich mir keine Erkältung zugezogen hätte. Ich fing an zu niesen, und meine Augen verkrusteten und begannen zu tränen. Als die Frau das bemerkte, verdoppelte sie ihre Anstrengungen, mich zu fangen.
Wie sich herausstellte, brauchte sie nur zu warten. Meine Augen brannten und tränten, und manchmal, wenn ich sie zusammenkniff, klebten meine Lider aneinander, so daß ich heftig zwinkern mußte, um sie

wieder zu öffnen. Eines Tages waren meine Augen jedoch derart verklebt, daß ich sie nicht mehr öffnen konnte, was ich auch anstellte. Ich rieb sie mit meinen Pfoten, leckte meine Pfoten und rieb noch einmal, doch meine Augenlider klebten zusammen und blieben fest verschlossen. Ich konnte nichts mehr sehen. Als ich den Teller mit Futter roch, stolperte ich unsicher aus meinem Schlupfwinkel hinter dem Wäschetrockner hervor und hörte plötzlich ein lautes Poltern. Die Frau hatte ihren Pappkarton über mich gestülpt, und ich war endgültig gefangen. Heute ist der Tag gekommen, an dem ich gefressen werde, dachte ich. Sie hat mich die ganze Zeit nur mästen wollen.

Doch die Frau aß mich nicht auf. Sie brachte mich zu einem Haus mit weißgekleideten Männern, die man Ärzte nennt. Und überall waren Hunde und Katzen in Käfige eingesperrt. Auch ich kam in solch einen Käfig und schlief sofort ein, weil ich sterbensmüde war und ohnehin keine Hoffnung hatte, dort wieder herauszukommen. Alle paar Stunden streckte sich eine Hand zu mir herein, stach mich mit einer spitzen Nadel und führte mir ein Glasröhrchen in die Öffnung unter meinem Schwanz ein. Ich hatte Todesangst und fürchtete jedesmal, daß diese Menschen mich umbringen wollten.

Immer wenn sich jemand meinem Käfig näherte, begann ich zu fauchen, zu zischen und zu kratzen, bis sie mich schließlich in ein Handtuch wickelten, um sich vor mir zu schützen. Endlich konnte ich meine Augen wieder öffnen, obgleich sie noch immer ganz verkrustet waren. Aber ich begann, mich wieder kräftiger zu fühlen.

»Er ist wild und verrückt und boshaft«, sagte der Arzt zu der Frau, die mich dorthin gebracht hatte. Die Frau meinte, daß sie mich trotzdem am liebsten wieder mit nach Hause nehmen würde, doch bringe sie meine bloße Anwesenheit zum Niesen. »Das ist wirklich kurios, wo ich doch Katzen über alles liebe«, sagte sie.

Hörst du, Grace? Das ist eine schreckliche Welt, wenn manche Leute schon durch unsere bloße Gegenwart zu husten und zu würgen beginnen und am ganzen Körper rote Flecken bekommen. Nicht jeder wird sich bei deinem Anblick freuen! Nicht jeder wird sich um dich reißen oder möchte dich auf seinem Schoß haben!

Ihr ist das alles egal, das merke ich schon.

Der Arzt meinte, wenn mich niemand haben wolle, müsse er mich einschläfern. Ich dachte, wie überflüssig das doch sei, wo ich mich doch unzählige Male am Tag problemlos selbst zum Schlafen brächte, doch jetzt verstehe ich natürlich, daß er etwas ganz und gar anderes damit meinte.

Das Gebäude, in dem ich mich befand, war eine Tierklinik, wie ich inzwischen begriffen habe. Eines Tages kamen ein Mann und eine Frau herein. Die Katze der Frau war gerade gestorben. Ob er eine andere Katze hätte, die sie sich vielleicht einmal ansehen dürfe, fragte sie den Arzt. Sie packten mich bei meinem Nackenfell und hoben mich aus dem Käfig. Natürlich fauchte und zischte ich wie gewöhnlich, doch schien mein Benehmen die Frau nicht zu beeindrucken. Sie nahm mich an sich und setzte mich in ihre warme, pelzgefütterte Jacke. Ich war so überrascht, daß ich ganz vergaß, mich zu sträuben. Und tatsächlich, ich weiß selbst nicht genau, warum, fühlte ich mich dort ganz wohl, schmiegte mich an sie und schlief ein. Sie liebkoste mich mit einem einzelnen Finger. Das war angenehm, denn schließlich war ich ja noch sehr klein.

»Möchten Sie ihn?« fragte sie der Arzt. Sie müsse darüber nachdenken, antwortete sie. Am nächsten Tag kam sie zurück und meinte, sie nähme mich, vorausgesetzt, ich sei gesund.

»Oh, er ist kerngesund«, sagte der Arzt. Als ich mich in der Jacke der Frau wieder an sie kuschelte und sie mit mir aufbrechen wollte, gab ihr der Arzt einen Beutel mit einer Flasche Medizin gegen meine Lungenentzündung und eine Tube Salbe für meine Augen. Hätte ich es mir nicht bereits wieder im Inneren ihrer Jacke gemütlich gemacht, meinte die Frau, ließe sie mich dort, denn es sei wirklich nicht zu übersehen, daß ich alles andere als ein gesunder Kater war.

Jetzt werde ich also doch noch gefressen, dachte ich, denn genau das erwarten die meisten Katzen von den Menschen, daß sie uns fangen und auffressen. Das ist eine von vielen Erinnerungen aus unseren vorherigen Leben, die bei der Geburt an uns weitergegeben werden. Diejenigen von uns, die sich wenigstens für kurze Zeit einmal draußen mit der Jagd auf Mäuse und langsame Vögel durchs Leben schlagen mußten, haben diese Erinnerungen. In unseren Träumen fallen Menschen über uns her, die nur Messer, Gabeln und große Teller im Blick haben. Und weil auch ich daran glaubte, mußte ich vor der Frau auf der Hut sein.

Ich wurde zu ihr nach Hause gebracht und in einen gemütlichen Raum gesperrt. Dort lag ein dicker Teppich auf dem Boden, und in einer Ecke stand ein kleines Sofa, unter dem ich mich verstecken konnte. Als ich herausfand, daß sie mich dort unter der Couch zu fassen bekommen konnte, wenn sie sich auf den Boden legte und mit der Hand nach mir griff, verkroch ich mich hinter einem Bücherschrank und weigerte mich hervorzukommen. Die Frau konnte nicht hinter den Schrank fassen, weil ihr Arm nicht zu mir hereinpaßte. Ich glaubte, ein ideales Versteck gefunden zu haben.

Aber sie hatte sich in den Kopf gesetzt, mich zu fangen. Menschen müssen hervorragende Mausejäger sein, sie sind so geduldig. Jeden Tag lag sie auf dem Boden und angelte mit einem langen Stock nach mir, bis ich mich, um dem Stock auszuweichen, ein wenig zu weit hervorwagte, und schon hatte sie mich gepackt und begann sogleich, mich zu streicheln. Nach einer Weile hatte ich mich fast an diese merkwürdige Liebkosung gewöhnt, bis sie mich eines Tages faßte und über und über mit einem weißen Puder beschüttete. Ein paar Tage darauf legte sie mir auch noch ein lila Halsband um. Das erschreckte mich, und jetzt war ich wirklich beleidigt. Ich beschloß, mein Versteck niemals mehr zu verlassen. Doch ich wurde hungrig, und außerdem gefiel mir ja auch irgendwie, wie sie mich streichelte. Mir wurde immer so warm und wohlig dabei, und es erinnerte mich, wie meine Mutter mich mit ihrer sandig-rauhen Zunge von Kopf bis Fuß geputzt hatte. Wir wurden also allmählich Freunde, zumindest versteckte ich mich nicht mehr, wenn sie ins Zimmer kam. Nach einer Weile blieb ich sogar auf einem Stuhl liegen und beobachtete sie. Irgendwann hat man es einfach satt, immer Angst zu haben, und ich dachte schließlich, soll sie mich doch fressen, wenn das unbedingt sein muß. Es reicht jetzt, ich bin ja schon ganz dumm im Kopf von der ewigen Furcht.

Für jeden kommt die Zeit, da er sich in sein Schicksal fügt, wie auch immer es aussehen mag. Ich selbst habe diesen Punkt zwar noch nicht ganz erreicht, aber ich bin einmal jemandem begegnet, für den dieser Augenblick gekommen war.

Grace sieht natürlich überhaupt kein Problem darin,

sich ihrem Schicksal zu ergeben, aber das liegt daran, daß es das Leben bisher so gut mit ihr meinte.
Gerade als ich begonnen hatte, mich mit der hochgewachsenen Frau anzufreunden, die mir zu Anfang immer wie ein Baum vorkam, betrat sie eines Tages das Zimmer, in dem sie mich wohnen ließ, nahm mich hoch und setzte mich in eine blaue Kiste. Als ich hörte, wie sie die Kiste über mir schloß, fing ich an, mit mir selbst zu schimpfen. Ich fragte mich: Warum hast du dich nicht gewehrt? Wie kannst du nur so dumm sein, ihr zu trauen? Bestimmt wirst du jetzt aufgefressen.
Doch es kam schlimmer, als ich gedacht hatte. Die Frau trug mich in meinem Käfig hinaus zu ihrem Auto und brachte mich zurück in die Klinik. Womöglich wollte sie mich nun doch nicht bei sich haben, sondern hatte beschlossen, mich dort zu lassen. Meine Verzweiflung war unbeschreiblich, als jetzt auch noch derselbe Arzt auf mich zukam, der mich schon damals gestochen hatte, und mich nun aufs neue hochhob und mit irgend etwas Spitzem piekste und unter meinem Schwanz ein Glasröhrchen in mich hineinsteckte. Doch dann geschah etwas Unerhörtes! Er ließ nämlich plötzlich einfach ab von mir! Da sah ich den blauen Käfig und nahm mit einem Mal seinen Geruch wahr. Er roch nicht etwa nach der Klinik, sondern hatte den Geruch, den ich aus dem Haus der Frau kannte. Einem Impuls folgend, der mir noch heute ganz befremdlich

erscheint, sprang ich von dem Arzt fort und geradewegs in diesen blauen Käfig hinein. Als ich drinnen saß, richtete ich mich auf und starrte die Frau vorwurfsvoll an.

»Sehen Sie sich das an!« sagte der Arzt. »Dieser verrückte, boshafte Kater!«

»Kann ich ihn denn nun mit nach Hause nehmen?« fragte die Frau.

Sie brachte mich tatsächlich zurück nach Hause, zurück zu dem roten Zimmer mit dem weichen Teppich und den weichen Sesseln und dem metallenen Kasten auf dem Boden, aus dem warme Luft strömte. Nicht lange, dann legte ich mich auf diesen metallenen Kasten und schlief ein. Als ich auf einmal Schritte näherkommen hörte, sprang ich auf und verschwand in meinem Versteck hinter dem Bücherschrank, um mich in Sicherheit zu bringen. Doch ich kam von nun an bereitwillig hervor, sobald ich die Stimme der Frau hörte und das warme Essen roch, das sie mir auf einem hübschen Teller brachte.

Mir kam in den Sinn, was mir einmal ein alter Kater, der mit uns in der Mauer lebte, erklärt hatte. Den Menschen auf der Straße könne man nicht trauen, hatte er gesagt, doch immer einmal wieder käme jemand daher, der ein Herz für Katzen habe und sie verstehe. Diejenige, die dann am meisten Glück hatte – in der Regel ein Katzenjunges, meinte er traurig, fast immer eine ganz junge Katze –, wurde dann an einen warmen Ort mitgenommen, an dem Tag und Nacht Lichter schienen und wo es niemals kalt war und wo die Menschen nur einer einzigen Aufgabe nachgingen, nämlich der, diese Katze zu füttern und sie zu streicheln. Solche Katzen schliefen nachts nicht etwa auf dem Boden, nein, sie schliefen in weichen Betten, auf Kissen, die mit Vogelfedern gestopft waren. Sie wurden dick und glücklich und träumten den lieben langen Tag davon, wie die Geschichte aller Katzen begonnen hatte. Am Ende wurden sie zu gelehrten Katzen, zu Weisen. Was für ein beneidenswertes Schicksal das ist, meinte der alte Kater.

Er war so mager, daß man unter seinem Fell schon die Knochen sehen konnte, wie damals bei meiner Mutter, und seine Zähne waren braun und wackelig, so daß er die Mäuse, wenn er einmal eine fing, nur unter Mühen kauen konnte. Auf diese Weise mußte er sich notgedrungen darauf verlegen, Müllsäcke aufzuschlitzen, wie das auch meine Mutter tat, eine entwürdigende Tätigkeit für einen Kater, meinte er, aber das Alter ließe ihm keine Wahl mehr. Doch solange er mit uns zusammenlebte, kaute meine Mutter die Mäuse für ihn vor und legte sie ihm dann zwischen die Pfoten, woraufhin er langsam an ihnen zu nagen begann. Als Dank für ihre Hilfe brachte er meiner Mutter halb angenagte Hühnerknochen und Fischreste, die noch an den Gräten hingen.

In der letzten Zeit muß ich viel an ihn denken und frage mich, ob er vielleicht mein Vater gewesen ist.
Einige Tage nachdem ich wieder zurück in diesem warmen, roten Zimmer war, begann ich allmählich der Frau zu verzeihen. Ich verbrachte jetzt weniger Zeit unter dem Bücherschrank, sondern kam immer häufiger hervor in die Lichtkreise, die sich auf dem angenehm warmen Teppich bildeten, der so schön kratzig war und die gleiche herrliche Struktur hatte wie die Zunge meiner Mutter. Dort schlief ich eines Tages gerade seelenruhig, als die Frau ins Zimmer kam, mich aufhob und erneut in den blauen Käfig mit dem Gitter an der Seite setzte. Ich war kreuzunglücklich und begann zu wimmern. Als die Frau nun mit weicher Stimme auf mich einzureden begann, wurde ich ärgerlich, legte mich an die Hinterwand des Käfigs und drehte meinen Rücken zum Gitter, an das die Frau jetzt ihr Gesicht gedrückt hatte.
Mein ärgster Verdacht wurde auch sogleich bestätigt. Die Frau nahm mich in meinem Käfig hoch und trug mich zu ihrem Wagen. Wohin könnten wir schon fahren, wenn nicht zu diesem Arzt? Aber es kam noch schlimmer. Innerlich war ich darauf vorbereitet, nun gleich die Autotür ins Schloß fallen zu hören, da sprang ein riesenhaftes, schnaufendes und winselndes Tier in den Wagen und stand über meinem Käfig. Ein Hund!
Ich konnte seinen heißen Atem spüren. Es war fast, als

ob ein Wind wehte. Er preßte seine große und feuchte schwarze Nase an das Gitter meines Käfigs und jaulte, begierig darauf, mich aufzufressen. Ich nahm all meinen Mut zusammen und wandte mich ihm zu. Und dann, als er gerade wieder seine Nase gegen das Gitter preßte und ich seine riesigen braunen Augen sehen konnte, sprang ich nach vorn und versetzte ihm durch das Drahtgitter einen Schlag ins Gesicht. Ich erwischte ihn hart mit meinen Krallen. Was für ein Geheul er losließ! Die Frau drehte sich um und streichelte dem Ungeheuer den Kopf, bis der Hund sich schließlich auf den Boden legte, gleich neben meinem Käfig. Dabei sah er mich kummervoll an und blinzelte hin und wieder, sicherlich aus purer Enttäuschung, denn er hatte wohl begriffen, daß es kein leichtes Spiel sein würde, mich aufzufressen.

Währenddessen sagte die Frau unentwegt: *Schönes Katerchen, gutes Katerchen, was für ein hübscher Kater du bist, du bist mein kleiner Kater, so ein nettes Katerchen bist du, hab keine Angst, Sam wird dir nichts tun.*

Der und mir nichts tun! Sein feuchtwarmer Atem wehte durch das Gitter zu mir herein wie damals die Dünste, die in den Straßen aus den Kellerschächten quollen, in denen meine Mutter und ich in den klirrend kalten Nächten geschlafen hatten.

Oje, dachte ich, ist das nun das Leben, das ich zu erwarten habe? Ein paar vergnügte Stunden in einem gemütlichen Zimmer mit einem weichen Fußboden, und dann wird man plötzlich ohne Vorwarnung herausgerissen, in eine vergitterte Kiste gepackt und Gott weiß wohin verfrachtet? Ich hörte wieder die sorgenvolle Stimme meiner Mutter, die zu mir sagte: »Mein Kleiner, das Leben ist schwer und voller Enttäuschungen, aber wenn du dich in acht nimmst, kann das Leben schön sein. Wir sind so gemacht, daß wir die schlechten Dinge, die uns passieren, schnell vergessen, und wenn wir dann ein Stück warmes Fleisch finden oder einen kleinen Leckerbissen, glauben wir, das Leben sei schon immer so wundervoll gewesen. Doch wir müssen immer auf der Hut sein, denn die Welt ist voll von Bösewichten, die uns auffressen wollen oder noch Schlimmeres mit uns vorhaben. Die übelsten von allen sind die Hunde.«

»Erzähl mir von den Hunden«, sagte ich zu meiner Mutter.

»Hörst du das laute Bellen?« meinte sie, »Das ist die Stimme eines Hundes. Manche Hunde sind so groß, daß du zwischen ihren Beinen hindurchlaufen kannst, ohne ihren Bauch zu streifen. Und was für Zähne die haben! Riesige Zähne! Halte dich fern von Hunden!«

»Fressen die mich auf?« fragte ich sie.

»Wenn sie können«, erwiderte sie.

Aber mehr wollte sie mir über Hunde nicht erzählen.

»Du bist noch klein«, meinte sie, »und alle kleinen Kater träumen von Hunden. Deine Träume werden dir

schon sagen, was du wissen mußt.« Doch bis dahin hatte ich noch keine solchen Träume gehabt. Über diesen Hund würde ich mir mein eigenes Urteil bilden müssen, dachte ich.
Gerade in diesem Augenblick rutschte der Hund näher an meinen Käfig heran und preßte leichtfertig seine Nase zwischen den Stäben meines Gitters hindurch. Blitzschnell schoß ich hervor und verpaßte ihm noch einen Hieb auf die Nase, so daß er wie ein Wilder aufjaulte. »Oh, nein«, sagte die Frau, die auf dem Beifahrersitz saß. Sie drehte sich zu uns nach hinten um, hob mich in meinem blauen Käfig hoch und setzte mich auf ihren Schoß, während sie wieder auf mich einredete: *Was für ein gutes Tier du bist. Du mußt keine Angst vor dem Hund haben. Der hat noch nie im Leben irgend jemandem etwas zuleide getan. Dieser Hund mag Katzen.* Und so weiter, und so weiter, lauter unsinniges Gerede. Es gibt Menschen, hatte meine Mutter gesagt, die würden alles tun, um einen in ihre Bratpfanne zu kriegen. Man muß sich sehr in acht nehmen. Manchmal ist ein Mensch, den man für seinen Freund halten könnte, in Wahrheit eine Frau, die besonders geduldig ist, weil sie ein ausgezeichnetes Rezept für Katzenbraten kennt.
Katzenbraten!
Wenigstens war ich jetzt etwas weiter fort von dem Hund. Womöglich hatte sie ja die Absicht, mich an dieses Untier zu verfüttern, dachte ich.

Jetzt fuhren wir schon eine ganze Weile mit dem Auto und waren noch immer nicht bei der Klinik angekommen. Hatte sich die dumme Person am Steuer vielleicht verfahren? Sollten wir denn nie dort ankommen? Ich wurde allmählich müde, und sobald ich meine Augen geschlossen hatte, begann ich auch schon zu träumen. Ich träumte, ich sei ein riesiger Kater und läge auf dem dicken Ast eines Baumes. Unter mir sprangen glutäugige graue Wölfe am Stamm hoch, ihre mörderischen Blicke auf mich gerichtet, ihre gierigen Lefzen voller Schaum.

Voller Entsetzen riß ich meine Augen auf. Sah der Hund dort hinten im Auto nicht genau aus wie diese Wölfe? Und ob! Das war also nicht einmal ein Hund. Es war ein Wolf!

Schönes Katerchen, gutes Katerchen, sagte die Frau. Doch ich hatte sie durchschaut. Wölfe hielt sie. Ich war in diesem Auto zusammen mit einem Wolf! Ich nahm mir vor, das Weite zu suchen, sobald der Wagen anhalten würde.

Aber als das Auto endlich stoppte, trug mich die Frau in meinem Käfig hinaus und brachte mich in ein Haus, das ich noch nie zuvor gesehen hatte. Das Haus war voll von wunderbaren Gerüchen, Gerüche, die ich sofort erkannte. Es roch nach Mäusen. Ein wundervoller Duft lag in dem Haus, der meinen Schwanz mal in die eine, mal in die andere Richtung rucken ließ. Doch es roch auch nach anderen Tieren, nach größeren und gefährlichen. Nach Murmeltieren und Waschbären, hörte ich eine Stimme zwischen meinen Ohren flüstern. Es war die Stimme aus meinem Traum, die zu mir sprach.

Dieses Haus ist voll von Mäusen, dachte ich, als die Frau meinen Käfig durch die Räume trug. Es gefällt mir besser als das Stadthaus. Sobald wie möglich wollte ich mich davonmachen und Mäuse jagen.

Die Frau wußte, was ich vorhatte. Sie brachte mich in einen kleinen blauen Raum und setzte mich auf dem Boden ab. Ich sah zur Zimmertür und war entschlossen zu entwischen, sobald sie meinen Käfig öffnete.

Die Frau zog die Tür hinter sich ins Schloß und öffnete anschließend meinen Käfig. Ich sah mich vorsichtig um, bevor ich herauskletterte. Die Frau beobachtete mich. Dann entdeckte ich die niedrige Kommode, huschte hinüber und zwängte mich darunter.

»Nicht schon wieder«, sagte die Frau.

Sie ging aus dem Zimmer und schloß die Tür hinter sich. Als sie wiederkam, brachte sie einen Teller mit dampfendem, warmem Futter. Es duftete verführerisch, und ich merkte, wie hungrig ich geworden war nach der langen Fahrt zu diesem Mausehaus. Ich wollte aber noch eine Weile in meinem Schlupfwinkel bleiben. Wenn sie wieder gegangen ist, dachte ich, komme ich heraus, um zu essen. Mein neues Versteck würde sie niemals finden, glaubte ich.

Während sie fort war, hatte ich nämlich das Zimmer

inspiziert und entdeckt, daß die untere Schublade des Schreibtisches offen stand. Ich kletterte hinein und fand einen gemütlichen dunklen Platz hinter der Schublade. Hier würde mich niemand mehr zu fassen kriegen. Niemand käme auf die Idee, mich ausgerechnet hier zu suchen. Also sprang ich hinein in den dunklen Winkel hinter der Schublade, legte mich auf meine Pfoten und beglückwünschte mich, so schnell ein so hervorragendes Versteck gefunden zu haben.

Doch nachdem sie das Futter für mich auf das Bett gestellt hatte, ging sie nicht etwa wieder hinaus, nein, sie setzte sich auf die Bettkante neben meinen Teller und begann nach mir zu rufen. »Foudini! Foudini!« rief sie.

Ich würde einfach so tun, als hörte ich sie nicht, dachte ich, dann würde sie schon wieder verschwinden, und ich könnte aus meinem Versteck in diesem rabenschwarzen Winkel hinter der Schublade hervorkriechen.

Doch sie machte keine Anstalten, das Zimmer zu verlassen, während ich mit jedem Augenblick hungriger wurde. Schließlich schickte ich ein kurzes Stoßgebet zum Himmel, verabschiedete mich von dieser Welt und wollte aus meinem Winkel heraus auf das hintere Brett der Schublade klettern. Mit einem dumpfen Knall plumpste ich von dem Brett herunter und landete im Inneren der Schublade. Dann kletterte ich über das Stirnbrett hinaus ins Freie und landete mit

einem Satz auf dem Teppich. Wieder ein schöner warmer Teppich. Diesesmal roch er nach Mäusen! Quicklebendigen, gesunden, frischen Mäusen!
Ich ging zum Bett hinüber. Es war sehr hoch, deswegen mußte ich mich an der Decke hinaufhangeln. Als ich oben angekommen war, sah ich einen Napf, in dem das wunderbarste Fressen auf mich wartete. Es ist wohl verzeihlich, daß ich mich nun, alle Vorsicht fahren lassend, darüber hermachte und während meiner ausgiebigen Mahlzeit der Frau gestattete, mir Kopf und Rükken zu kraulen.
Von dir laß ich mich nicht noch einmal hereinlegen, schwor ich mir, während ich kaute. Da plötzlich hörte ich den Hund bellen. Er gab die übelsten Töne von sich, die mir je zu Ohren gekommen waren. Sein Gebell war so laut, daß die Wände bebten, und ich mußte an die alte Katzenmutter denken. Sie hatte immer betont, daß Katzen nun wirklich keine selbstherrlichen Tiere seien. Katzen sind leise, sie gehen die Dinge ruhig an und nehmen Rücksicht auf andere, sie sehen zu, keinen Ärger zu machen. Die Hunde sind die Arroganten. Was immer sie glauben, sagen zu müssen, brüllen sie in voller Lautstärke heraus, daß man meinen könnte, ihre Lungen müßten gleich platzen. Dabei bilden sie sich auch noch ein, irgendeiner würde sich für ihr Gebrüll interessieren. Sie erwarten allen Ernstes, daß die ganze Welt ihnen zuhört. Hat man je gehört, daß sich eine Katze so benimmt? Niemals!

Höchstens unter ganz besonderen Umständen. Wenn eine Katze schreit, sollte man besser auf der Hut sein! Aber ein Hund brüllt einfach alles nieder, erstickt jedes Geräusch und jede Stimme, und dabei denkt er nicht einmal nach. Ein Postbote auf der Straße löst bei Hunden sogleich ein Mordsspektakel aus, und sie fangen wie die Verrückten an zu kläffen. Eine Katze dagegen sieht den Postboten kommen und schaut ihm von ihrem Platz aus gelassen zu. Hunde, meinte die alte Katzenmutter immer, gehen der ganzen Welt auf den Nerv.

Als ich meine Mahlzeit verzehrt hatte, zog ich mich in meinen Winkel hinter der Schublade zurück. Doch diesmal war es nicht so einfach, hinter die Schublade zu gelangen, denn ich hatte so viel gefressen, daß sich mein Bauch an den Seiten nach außen beulte. Als ich versuchte, über das rückwandige Brett der Schublade zu klettern, benötigte ich zwei Anläufe, und es war kein reines Vergnügen, dabei meinen prall gefüllten Bauch über die harte Kante gleiten zu lassen.

Beim nächstenmal frißt du weniger, sagte ich mir. Doch auch die nächste Mahlzeit verschlang ich bis auf den letzten Krümel, und mein Bauch fühlte sich sogar noch praller und runder an.

»Ich glaube, ich sollte ihn nicht weiter füttern«, sagte die Frau. »Er sieht aus, als hätte er einen Schuhkarton verschluckt. Als ob er gleich platzt.«

»Er frißt alles, was du ihm hinstellst«, meinte der Mann. »Schließlich war er völlig ausgehungert.«
Und so lebte ich viele Tage lang in dem blauen Zimmer hinter meiner Schublade und kam nur hervor, wenn die Frau mit meinem Futternapf den Raum betrat. Meine Ohren waren immer in Richtung Tür gestellt und horchten nach dem Hund, der oft vor der Tür war und winselte. *Winsele nur, du Ungeheuer,* dachte ich, *du kommst hier nicht rein, um mich zu fressen. Und wenn du es versuchst, dann verpass' ich dir eins auf die Nase.*
Wenn ich daran dachte, wie groß er war, sprang ich in mein Versteck hinter der Schublade und begann zu miauen. Sobald er mich hörte, fing er an, auf dem Fußboden zu scharren, als ob er vor lauter Gier danach, mich endlich aufzufressen, ganz vergessen hätte, wie ärgerlich die Frau ihn immer ausschimpfte, wenn er mit seinen Tatzen den Holzfußboden zerkratzte.
Ich dachte mir, das ist wirklich kein schlechtes Leben. Das Zimmer ist warm und der kleine Bettvorleger weich. Am Tag fällt warmes Sonnenlicht auf den Teppich, und es gibt zwei Fliegen, die höchst interressant herumschwirren. Ich kann sie nach Herzenslust jagen. Dann gibt es noch einige Spinnen, zu denen ich bisweilen hochspringe, um die eine oder andere mit der Pfote zu erwischen, und ein Fenster, an dem ich sitzen kann, um auf die Wiese hinauszusehen. Vor allem aber

liegt in dem Zimmer der herrliche Duft von Mäusen, der immer eindringlicher wird. In den Wänden höre ich bereits verheißungsvolles Rascheln. Nicht mehr lang, dann wird eine Maus herauskommen, und ich kann sie jagen und fangen, genau wie meine Mutter es getan hat.

Aber ich hätte es wissen sollen! Grace, ich hätte es wissen sollen! Hör gut zu, Grace! Immer wenn das Zimmer gemütlich warm ist, wenn wir gut gefüttert worden sind und uns in Sicherheit wähnen, immer wenn wir dumm genug sind, uns zu unserem glücklichen Los zu gratulieren, immer dann sind wir in Wahrheit in größter Gefahr, Ärger zu bekommen! Ärger wegen eines Schwanzes, Grace! Wegen eines Bohrers, eines Besen oder eines Schrubbers! Kampfplätze, Grace, Verstecke! Wir müssen alle Zeit bereit sein, um unser Leben zu rennen! Immer!

Hört Grace überhaupt zu? Natürlich hört sie nicht zu. Sie ist jetzt wach und wirft ihre Spielzeugmaus in die Höhe. Quer durchs ganze Zimmer jagt sie mit ihr. Gleich wird sie sich wieder auf den Rücken legen, ihren niedlichen grauen Bauch nach oben kehren und sich possierlich mal hierhin und mal dorthin rekeln, um der Welt zu zeigen, wie hübsch sie ist. Und dann wird die Frau hereinkommen und wird sagen: *Was ist sie doch für ein süßes Kätzchen, wie hübsch sie ist, so grau, so weich, ein so schönes glänzendes Fell hat sie!* Und Grace wird ganz verrückt vor lauter Glück. Aber es

könnte doch sein, daß von der Küche her ein Alligator reinkäme oder ein Hund durchs offene Fenster spränge! Es könnte ja irgend etwas Schlimmes passieren! Doch Grace rechnet mit nichts Schlimmem. Sie meint, ihr müßte eines Tages gezwungenermaßen ein Vogel genau ins Maul fliegen. Wie oft sitzt sie auf dem Regal am Küchenfenster, wenn draußen die Vögel im Futterhäuschen sind. Sie schaut ihnen zu und spricht zu ihnen. Meint zu ihnen, sie sollten doch hereinkommen. Kommt doch näher, sagt sie. Sie denkt sich Namen aus für die Vögel. Nennt sie fliegende gefiederte Leckerbissen. Sie sieht ihnen gern zu, wenn es regnet, denn dann sind sie für Grace gefiederte fliegende Leckerbissen mit Soße.
In ihren Herzen sind alle Katzen Dichter. Sie haben Gefallen daran, sich für alles mögliche verrückte Namen auszudenken. Das geht nicht nur Grace so. Ich selbst habe mir verschiedene Gedichte und Lieder ausgedacht, als ich noch ein junger Kater war. Noch heute sage ich mir die Gedichte bisweilen auf, wenn das Haus leer ist, oder ich summe für mich eines der Lieder, wenn ich traurig bin. Meiner Meinung nach ist es klug, gewisse Dinge zu tun, solange man jung ist, damit man über sie nachdenken kann, wenn man älter geworden ist.
Grace ruft gerade wieder etwas den Vögeln zu. »Dummes Tier!« sage ich zu ihr, »du verschreckst sie doch nur.« Aber sie sieht mich nur mit großen, blan-

ken Augen an und fährt fort in ihren Versuchen, die Vögel zu überreden, ihr direkt ins Maul zu fliegen. Manchmal kann ich mich schrecklich über sie ärgern oder mich über sie wundern. Sie ist ein so zuversichtliches Tier! So optimistisch, daß man sie eigentlich gar nicht als Katze bezeichnen sollte. Nun ja, sie wird eben auch ganz anders groß als ich damals. Aber egal, wie es zu meiner Jugendzeit gewesen ist, ich bin zu einem vorsichtigen Kater herangewachsen. Als ich noch ziemlich klein war, hat mich die Frau hochgehoben und gemeint: »Dieses Katerchen hat schwere Knochen.« Na klar waren die schwer – vor lauter Vorsicht und Sorge. Und nicht nur vor lauter Sorge um mich selbst, ganz und gar nicht. Ich machte mir sogar Sorgen um den Hund. Doch jetzt eile ich mir wohl selbst voraus.

Ich denke, bei Gelegenheit werde ich einmal aufstehen und so tun, als ob ich nur ein wenig umherbummeln möchte. Und dann werde ich mich aus heiterem Himmel auf Katze Grace stürzen und sie in den Keller scheuchen und hoch unters Dach auf die Sparren jagen. Nicht daß ich ärgerlich über sie wäre, obgleich es immer einen guten Grund gibt, sich über eine so nutzlose Kreatur wie sie zu ärgern. Nein, aber ich möchte, daß sie lernt, daß es immer passieren kann, daß irgend etwas Großes sich auf dich stürzt, und es wichtig ist, zu wissen, wie man so schnell wie möglich auf die Dachsparren kommt. Wenn du dich erst einmal oben

in den Dachsparren in Sicherheit gebracht hast, müssen sie das ganze Haus einreißen, um dich zu fangen.
»Wer versucht mich zu fangen, und was soll schlecht daran sein?« fragt Grace, diese verwöhnte Schmusekatze, die gekrault und gestreichelt wird wie kaum eine andere. Du Dummerchen mit deinem einen einzigen Jahr Lebenserfahrung auf dem Buckel! Noch nie hat sie sich gegen einen Hund zur Wehr setzen müssen, um an ihren Futternapf zu gelangen! Wenn sie wüßte! Wenn sie eine Ahnung hätte, was ich damals durchmachen mußte!
»Hunde?« fragt mich Grace, »sind die nett?«
Nun ja, ich habe sie gewarnt!
Ist es nicht wirklich sehr schwer, Lebenserfahrung zu vermitteln? Auch nur ein kleines bißchen Wissen weiterzugeben? Aber ich werde nicht aufgeben. Vielleicht ist ja ein winziges Körnchen in ihrem hoffnungslos fröhlichen Köpfchen hängengeblieben. Ich will also fortfahren mit meiner Geschichte.

Eigentlich hatte ich mich inzwischen so ziemlich an das hübsche blaue Zimmer mit seinen beiden Fliegen, den Spinnen und seinen verheißungsvollen Mäusedüften gewöhnt. Regelmäßig öffnete sich die Tür und ließ die Frau mit einem Teller voller köstlichem Futter eintreten. Ich hatte mich fast damit abgefunden, mein Leben in diesem Raum zu verbringen, denn hier war ich sicher vor Sam, dem Hund, der draußen, auf der anderen Seite der Tür, lebte. Mein Leben schien in festen Bahnen zu verlaufen, als die Frau eines Tages wieder das Zimmer betrat und die Tür sperrangelweit offenstehen ließ.

Genau hinter ihr stand der Hund!

Sie dürfen nicht meinen, ich übertreibe, wenn ich sage, daß dies kein gewöhnlicher Hund war. Er sah aus wie ein Wolf, aber er war größer als ein Wolf. Ich weiß, daß ich klein bin, und damals war ich noch jung und noch kleiner, aber als er sich auf dem Boden meines blauen Zimmers ausstreckte, was er natürlich prompt tat, war er so lang wie das Bett! Jedenfalls, wenn man seinen Schwanz mitrechnet – und das tat ich –, denn wenn er mit seinem Schwanz gegen die Tür wedelte oder gegen den Schubladenschrank, dann knallte es regelrecht.

Vor diesem Schwanz mußt du dich in acht nehmen, sagte ich mir. Und diese Zähne! Ich hatte nie in meinem Leben solche großen Zähne gesehen. Und erst sein Maul! Es war groß genug, mich mit Haut und Haar zu verschlingen, als wäre ich ein kleiner runder Hundekeks.

Aber so einfach frißt mich keiner auf, sagte ich zu mir. Ich saß in meinem Versteck hinter der unteren Schublade in diesem neuen mausigen Zuhause und zitterte vor Angst, und mein Herz pochte wie wild, aber dennoch schmiedete ich entschlossen an meinen Verteidigungsplänen.

Der Hund war jetzt zu der Kommode getrottet und winselte in so erbarmungswürdigen Tönen, daß ich fast Mitleid mit ihm bekommen hätte, wenn er nicht eben ein Hund gewesen wäre. Doch er scharrte nicht mit den Pfoten an der Kommode, und er knurrte auch nicht. Er schien zu warten, so wie ich, wenn ich hinter dem Bett an einem Dielenbrett, wo der Geruch von Mäusen besonders intensiv ist, auf der Lauer liege. Er wartete auf mich.

Schließlich gab er auf und verließ das Zimmer.

Ich brauche also nur geduldig abzuwarten, dann zieht er von allein wieder ab, dachte ich. Bekanntlich haben Hunde ja nicht die Spur von Geduld. Wenn er fort ist, komm' ich einfach hervor, klettere aufs Bett und kann mich über mein Futter hermachen.

Aber da war kein Abendessen!

Aus der Küche drangen die wunderbaren Gerüche meines Abendessens herüber. Dort köchelte es noch. Dabei war ich bereits so hungrig. Also wartete ich darauf, daß die Frau hereinkommen, meinen Namen rufen und mir den Napf auf das Bett stellen würde. Als sie nach einiger Zeit immer noch nicht kommen wollte und mir schon ganz schwindelig war vor Hunger und Ungläubigkeit, überlegte ich, ob ich in die Küche gehen und herummaunzen sollte, bis sie mir endlich meinen Napf füllte.

Sie hatte mich vergessen! Aber nicht der Hund.

Immer wieder kam er ins Zimmer getrottet und legte

sich vor die Kommode. Ich reckte dann meinen Kopf empor und fauchte so wild und bedrohlich, wie ich nur konnte. Doch schließlich machte ich ein Nickerchen, was hätte ich denn sonst auch tun sollen?
Am Ende wurde ich zu hungrig, um mich weiter hinter der Schublade versteckt zu halten. Ich kletterte also hervor und huschte auf dem Boden von einem Möbelstück unter das nächste, bis ich in der Küche angekommen war. Und was mußte ich dort sehen? Die Frau trug einen Teller mit gebratener Leber und Brot vor sich her. Natürlich war das für mich!
Doch sie gab nicht mir das Futter, sondern stellte den Teller auf den Fußboden vor den Holzofen. Und dann trottete der Hund auf den Teller zu, jawohl, der Hund! Als ob all die Leckerbissen für ihn bestimmt seien. Das war zuviel für mich, und ich vergaß alle gutgemeinten Ratschläge meiner Mutter. Ich vergaß meinen Traum von den Wölfen, wie sie an dem großen Baum hochsprangen und an seiner Rinde kratzten und wie sie winselten vor gefräßiger Begierde nach dem Kater, der auf dem Ast des Baumes lag. All das vergaß ich und sprang unter den Holzofen, und sobald der Hund sich herunterbeugte, um zu fressen, sprang ich nach vorn und verpaßte ihm einen Tatzenhieb quer über die Nase!
Der Hund jaulte schrill auf.
Ich schnappte mir ein Stück Leber und verzog mich blitzschnell zurück unter den Ofen und fraß es.

Der Hund winselte noch. Doch weil ich immer noch Hunger hatte, stahl ich mir ein weiteres Stück Leber und ging sofort wieder auf sichere Distanz. Während der riesige Hund mit seiner enorm großen Pfote an seiner riesigen Nase rieb, sprang ich nach vorn und schnappte mir mit den Zähnen erneut ein Stück Leber. Jetzt ließ der Hund ein fast bettelndes Wimmern hören, und während ich hastig kaute, aus Furcht, er würde im nächsten Augenblick das ganze schöne Fressen auf dem Teller mit einem einzigen Schlag seiner ungeheuren Zunge wegfegen, stellte ich fest, daß der Hund offenbar gar nicht die Absicht hatte, mir etwas anzutun. Er schob nicht seinen Kopf unter den Ofen, um sein riesenhaftes Maul und seine großen Zähne etwas näher an mich heranzubringen, was er ohne weiteres gekonnt hätte. Er knurrte nicht einmal. Nein, er lag vor seinem Teller, winselte still vor sich hin und sah mich mit traurigen Augen an.

»Was für ein wilder Kater«, sagte die Frau. »Der Hund wird niemals etwas von dem Futter abbekommen.«

Ich fraß die Leber Stück für Stück auf, bis mein Bauch prallvoll war. Dann legte ich mich unter dem Ofen hin und drückte mich so eng wie möglich an die Wand.

Endlich wagte der Hund, sich seinem Teller zu nähern, und wie ich es vorhergesehen hatte, leckte er ihn mit einem Schlag seiner gewaltigen Zunge sauber.

Jetzt wird er mich wohl auffressen, dachte ich, doch der Hund hatte jegliches Interesse an mir verloren. Er stand an dem Stuhl der Frau und beklagte sich über den Verlust seiner leckeren Leberstückchen, während sie seine großen Ohren streichelte. Irgendwann legte er sich auf den Boden und schlief ein. Ich huschte zurück in mein blaues Zimmer und in mein Versteck hinter der Schublade. Dort angekommen, fühlte ich mich in völliger Sicherheit, in Sicherheit und pappsatt.

Wie wenig wir doch wissen, Grace, was die Zukunft für uns bereithält! Deshalb müssen wir mehr tun als nur herumtanzen und umherspringen, mehr als nur unsere Krallen an faserigen Möbelstücken wetzen, unter der Zimmerdecke von Gardinen herabbaumeln, nachdem wir uns gerade erst an ihnen emporgehangelt haben! Wir müssen wachsam beobachten, was um uns her geschieht, und uns selbst und allen anderen nicht auf die Nerven fallen, indem wir versuchen, in die hübschen Zimmerchen eines Puppenhauses zu gelangen, wie du das gerade erst letzte Woche versucht hast. Alle meinten entsetzt, das Puppenhaus sehe aus, als sei es in die Klauen einer Katze geraten, und dann lugte auf einmal deine graue Pfote aus dem Eßzimmerfensterchen hervor.

Wie wenig Selbstdisziplin du doch hast! Und hatte ich dir vorher nicht gesagt, daß die Zimmerchen des Puppenhauses zu klein für uns Katzen sind? Und daß ich vor Jahren, als ich noch klein war, die gleiche dumme Geschichte angestellt hatte? Es liegt an unseren Augen. Aber hast du etwa auf mich gehört? Ganz sic nicht. Dabei hattest du noch mehr Glück als ich. De Halsband blieb nicht im Puppenhaus an einem Wandhaken hängen. Du mußtest keine Flut von Vorwürfen über dich ergehen lassen, bevor man dich wieder befreite.

Ich habe lange darüber nachgedacht, ob es klug sei, Grace zu erzählen, was dann geschah und wie überraschend sich mein Leben wandelte, nachdem ich damit begonnen hatte, mein blaues Zimmer zu verlassen und unverschämterweise an dem Hund vorbeizumarschieren. Wie man weiß, ist Grace nicht gerade eine sehr gescheite Katze, aber sie ist glücklich veranlagt. Vielleicht verhält sie sich ja deshalb bisweilen so befremdlich. Neulich saß sie beispielsweise in der Badewanne unter dem Wasserhahn und ließ sich die Tropfen auf den Kopf fallen. Dabei stellte sie sich die schwerwiegende Frage, ob sie mit ihren Pfötchen nach den Tropfen schlagen sollte oder nicht. Sie weiß offensichtlich nicht recht, ob sie ein Fisch oder eine Katze ist, und sie weigert sich entschieden, Klarheit darüber zu gewinnen, welches Verhalten nun für eine junge Katze angemessen und ratsam wäre. Daher zweifle ich ein wenig, ob es klug von mir ist, einem so flatterhaften Geschöpf meine bemerkenswerte Geschichte zu erzählen. Dem Leser sollte diese Geschichte verdeutlichen, wie unvorhersehbar das Leben ist, daß es gleichermaßen verhängnisvoll sein kann, es zu schwarzseherisch anzugehen und den Dingen gegenüber zu leichtgläubig zu sein. Na ja, wir werden sehen, ob Grace irgend etwas aus meiner Geschichte lernen wird oder nicht. Ich kann nur mein Bestes versuchen.

Es verging ein Tag nach dem anderen in Maushausen, wie ich mein neues Zuhause nannte. Mit der Zeit nahm der Hund kaum noch Notiz von mir, wenn ich aus meinem Zimmer kam und meinen Platz unter dem Ofen einnahm.

Er wartet nur darauf, daß ich unvorsichtig werde, dachte ich mir, und dann schnappt er zu und frißt mich.

Doch er schien überhaupt nicht daran zu denken, mich zu verschlingen.

Er schien hingegen an jeder Kleinigkeit, die ich unternahm, großes Interesse zu haben. Wenn ich zum Beispiel ins Wohnzimmer lief und eine Rolle Zwirn vor mir herjagte, so lag er bei der Tür und sah mir zu. Oder wenn ich eine Fliege entdeckte und in die Höhe sprang, um sie zwischen meinen Pfoten zu fangen und zu fressen, dann beobachtete er mich mit unendlicher Neugier. Manchmal machte er Anstalten, sich mit mir zu unterhalten, aber nicht etwa, indem er bellte, sondern, wie ich glaubte, indem er meine Stimme nachahmte. Ich begann allmählich zu zweifeln, ob er vielleicht in Wahrheit doch kein Hund oder Wolf war.

»Doch, er ist ein Hund«, sagten die Stimmen meiner Altvordern. *»Halte dich fern von ihm.«*
Eines Tages dann, als ich ausgelassen mit einem Ball aus zusammengeknittertem Silberpapier im Zimmer umhertollte, rollte der Ball über den Fußboden und blieb genau zwischen den Vorderpfoten des Hundes liegen. Der Hund sah hinunter auf den Ball und sah dann gutmütig und voller Erwartung zu mir herüber. Was sollte ich tun?
Was jetzt folgte, hätte ich mir nie träumen lassen, ich hätte im Leben nicht geglaubt, daß ich zu einer solchen tollkühnen Tat imstande sei, ich tänzelte nämlich quer durch das Zimmer, bog meinen Rücken zu einem Buckel, so daß die Haare meines Fells zu Berge standen, und lief geradewegs unter dem riesigen Maul des Hundes hindurch und schlug den Ball mit aller Kraft fort.
Der Hund beobachtete mich aufmerksam, seine großen Ohren aufgerichtet, und sein Schwanz begann zu wedeln.
Ich schlug den Ball so, daß er genau an ihm vorbeiflog. Doch er jagte ihm nicht nach. Er blickte ihm hinterher und sah dann wieder mich an, so als wollte er mich fragen, was er meiner Meinung nach tun sollte.
Er sah mich weiterhin so gespannt, so erwartungsvoll an, daß ich ganz außer mir geriet. Kaum noch bei klarem Verstand und allen gutgemeinten Ratschlägen meiner Mutter und meiner Vorfahren zum Trotz,

flitzte ich so schnell ich nur konnte kreuz und quer durchs Zimmer, lief geradewegs über seine riesenhafte Nase und zwischen seinen Ohren hindurch und ließ mich auf seinem glänzenden Fell seitwärts an ihm heruntergleiten.

Der Hund hob seinen Kopf und sah auf mich herab. Ich bereitete mich darauf vor, ihm erneut eins über die Nase zu ziehen, doch er gab nur ein fragendes Geräusch von sich, das sich zwischen Brummen und Schnurren bewegte, und legte sich wieder hin. Also tat ich es noch einmal. Ich fegte durch das Zimmer und über die Nase des Hundes, hinüber auf die große Fläche zwischen seinen Ohren. Diesmal blieb ich dort liegen, so daß meine Hinterbeine über seine Augen und sein Maul herabbaumelten.

Das war nicht ganz so tollkühn, wie man vielleicht meinen könnte, denn wenn der Hund geknurrt hätte oder versucht hätte, mich zu beißen, dann hätte ich ihn sehr leicht mit meinen Hinterpfoten kratzen können.

Der Hund ließ jedoch lediglich ein kurzes zufriedenes Brummen hören und blieb auf seinem Teppich liegen, im Sonnenschein, mit einem Kater auf dem Kopf, dessen Beine auf beiden Seiten seiner Nase herunterhingen.

Von diesem Tag an waren wir Freunde. Wir fraßen beide aus derselben Schüssel.

Der Frau gefiel das. »Sieh sich das einer an!« sagte sie. »Ja, sieh sich das einer an«, sagte auch der Mann, als

ich bei dem Hund auf dem Fußboden lag und der Hund sich erhob, an mir schnüffelte und mich mit seiner riesigen Zunge einmal der Länge nach ableckte. Ich war mir nicht recht sicher, ob ich diese Form der Waschung mochte. Wenn mich meine Mutter sauberleckte, machte sie das behutsam, arbeitete sich mit ihrer sandig-rauhen kleinen Zunge sozusagen Stück für Stück durch mein Fell bis auf meine Haut vor, und am Ende glänzte ich adrett. Doch wenn mich der Hund ableckte, war ich ganz naß und fror, mein Fell war klebrig und stand zerzaust zu Berge. Ich mußte mich dann selbst noch einmal von Kopf bis Fuß putzen.
Ich glaubte selbstverständlich, daß der Hund von mir als Gegenleistung erwartete, daß ich ihn meinerseits putzen würde. Schließlich gab es da bestimmte Ecken seines Körpers, die er nicht einmal mit seiner überdimensionalen Zunge erreichen konnte. Ich machte mich also daran, ihn hinter seinen Ohren zu putzen und, wenn er ausgestreckt auf dem Teppich lag, auch unter seinem Kinn. Doch er schien meine Bemühungen nicht zu schätzen. Denn wenn ich schließlich durch sein dichtes Fell bis auf seine Haut vorgedrungen war, begann er zu jaulen und zu quieken, und ich verlor dann leicht die Geduld und versuchte ihn mit ausgestreckten Krallen auf seinem Platz zu halten, damit ich meine Arbeit beenden könnte. Bei solchen Gelegenheiten erhob er sich, so daß ich seitwärts an ihm

heruntertutschte und auf den Boden fiel. Ich versteckte mich dann unter dem Sofa, bis er vorbeikam, und sprang ihn an oder tänzelte neben ihm mit aufgerichtetem Nackenfell, oder ich verfolgte ihn und schnappte mit den Pfoten nach seinem Schwanz. Wenn ich dann eine Reihe erfolgreicher Attacken gegen seinen Schwanz verbuchen konnte, verzieh ich ihm in der Regel sein undankbares Gejaule und Gequietsche und sprang ihm nach und neckte ihn, bis er begann, seinerseits mich zu jagen. Auf diese Weise vergingen die Tage recht schnell.

Einmal, als es draußen sehr kalt war und der Wind selbst durch die geschlossenen Fenster herein wehte, lag der Hund in der Mitte des Zimmers, sein riesiges Maul weit offen. Ich lief zu ihm hinüber, in der Hoffnung, ihn aufwecken zu können, damit er mich jagte, doch er schlief tief und fest. Also legte auch ich mich hin, genau vor ihn, mit meiner Nase dicht an seiner. Ich bemerkte, wie warm sein Atem war und wie warm die Welt in der Nähe seines Maules schien. Ich fragte mich, wie es wohl wäre, wenn ich mich noch dichter, das heißt in dieses warme Maul hineinlegen würde? Ich würde seine Zunge nicht stören. Wie gewöhnlich hing seine Zunge zu der einen Seite des Maules heraus. Also kroch ich näher heran und legte mich quer über seinen gewaltigen Unterkiefer.

Der Hund wachte auf und öffnete seine Augen, die sich zu einem Schielen verdrehten, als er versuchte, mich in den Blick zu bekommen. Er schnüffelte einmal und dann noch einmal, und dann, als er merkte, daß nur ich es war, der in seinem Maul lag und nicht irgendeine merkwürdige Maus oder ähnliches, schlief er gleich wieder ein. Schließlich drehte ich mich auf meinen Rücken und schlief meinerseits in dem warmen Maul des Hundes ein.

»Sieh dir das an«, sagte die Frau.

»Der Hund hat die Geduld eines Heiligen«, meinte der Mann.

Mir war sehr behaglich zumute, als ich aufwachte, schön warm, aber auch sehr naß. Der Hund schlief in seiner alten Haltung weiter. Doch weil dieses neue Haus noch recht kühl war, zog ich mich an meinen Lieblingsplatz hinter den leuchtend roten Holzofen im Wohnzimmer zurück.

Als ich meine Gewohnheit aufgenommen hatte, unter diesem Ofen zu schlafen, hatte ich, ohne es zu beabsichtigen, einen regelrechten Tumult ausgelöst. Niemand konnte mich finden, und ich selbst schlief so selig benommen von der Wärme des Ofens, daß ich nicht hörte, wie die Frau meinen Namen rief. Ich hörte nicht einmal, wie sie mit dem Löffel auf den Teller schlug, ein Geräusch, daß mich normalerweise wie ein Wirbelwind aus meinem Winkel hinter der Schublade hervorkommen ließ, wohin ich mich von Zeit zu Zeit immer noch verkroch.

Unter dem Holzofen umhüllte mich die Wärme wie

eine Daunendecke, und ich fühlte mich wieder wie damals in meiner Wand, halb vergraben unter dem warmen Körper meiner Mutter. Unter diesem Ofen hatte ich die allerschönsten Träume. Dort fühlte ich, wie sich wohlige Wärme in mir ausbreitete, wie selbst meine Knochen ganz warm wurden und wie meine Ohren ganz langsam zu schmelzen schienen. Eigentlich schlafe ich in der Regel so, wie ein Kater eben schlafen sollte, hübsch eingerollt wie ein Kringel, doch wenn ich unter diesem Ofen schlief, dann streckte ich ganz unorthodox alle viere von mir, jede Pfote in eine andere Richtung. Wenn ich dann meine Augen wieder öffnete, wankte ich taumelnd hervor, halb geschmolzen und ganz benommen von der Hitze. Mein Fell war dann zu heiß, als daß ich mich gleich hätte sauberlekken können.

Als ich eines Tages wieder einmal so unter dem Ofen hervorkam, hörte ich die Frau und den Mann meinen Namen rufen. »Foudini! Foudini!« riefen sie und liefen von einem Zimmer zum anderen. Ganz sicher konnten sie mich dort mitten auf dem Teppich sehen!

Aber sie sagten zu dem Hund: »Geh, such den Kater«, und er lief sogleich los, die Treppe hinunter, und hielt genau vor mir an, indem er mit seiner langen Nase auf mich wies.

»Wo kommst du denn her?« fragte die Frau. »Wir dachten schon, du seist verlorengegangen!«

»Er muß irgendwo ein Versteck haben, das wir nicht kennen«, meinte der Mann, woraufhin der Hund seufzte. Ich verstand, daß er genau wußte, wo ich die ganze Zeit gesteckt hatte, und daß er winselnd vor dem Ofen gestanden hatte, als ich darunter schlief. Doch entweder haben der Mann und die Frau ihn nicht verstanden, oder sie haben mich nicht sehen können, als sie sich herabbeugten und unter den Ofen schauten. Unter dem Ofen ist es sehr dunkel, und außer dem leuchtend weißen Streifen zwischen den Augen bin ich kohlschwarz.
Gut, dachte ich, dort bin ich nicht zu sehen. Das nächstemal, wenn sie anfangen, die Käfige ins Auto zu pakken, werde ich mich dort verstecken.
Der Hund tat natürlich alles, um mich zu verraten. Er mochte mich zwar, aber es war mir auch klar, daß er den Mann und die Frau mehr mochte, denn er tat alles, was sie ihm sagten. Wenn die Frau beispielsweise auf dem Sofa saß und neben sich auf das Sitzpolster klopfte, kam er sofort herbeigerannt, sprang zu ihr hinauf und legte seine lange Schnauze in ihren Schoß. Sie tätschelte ihn dann, bis er ganz betrunken war vor Glück. Nachts, wenn sie schlafen ging, sprang der Hund zu ihr aufs Bett und legte sich seinerseits schlafen, seinen Kopf auf ihren Füßen.
All das machte mich nachdenklich. Wozu war die Streichelei gut, war sie nötig, mußte ich mir das auch gefallen lassen? Meine Mutter hat mich nie getät-

schelt. Sie leckte mich und stupste mich leicht mit ihrem Kopf. Ich hatte nicht das Bedürfnis, gestreichelt zu werden. Manchmal, wenn ich neben dem Hund schlief, wachte er auf und begann, an mir zu lecken, wobei er seine riesige Pfote so über mich legte, daß ich mich kaum noch rühren konnte, egal wie ich strampelte. Bisweilen versuchte sogar er, mich zu streicheln, doch schon wenn er seine schwere Pfote auf mich legte, war mir, als sollte ich in den Boden gestampft werden.

Doch am schlimmsten war die Frau. Alle Augenblicke stürzte sie sich auf mich, hob mich in die Luft, setzte mich dann auf ihren Schoß und begann, mich zu streicheln. Solange ich es ertragen konnte, blieb ich geduldig dort sitzen, aber wenn es mir zuviel wurde, sprang ich von ihrem Schoß herunter und brachte mich vor ihrem Zugriff in Sicherheit. Wenn ich sie dann etwa von der Couch aus beobachtete, dann spielte sich folgendes ab.

Sie war immerzu aus irgendeinem Grund ärgerlich mit mir! Oft starrte sie mich an und blinkte und blinzelte mir zu. Jeder Kater weiß von Geburt an, daß Blinzeln nichts Gutes bedeutet. Nur ein ärgerlicher Kater blinzelt einen anderen Kater an. Ein zufriedener Kater schaut mit weit offenen Augen. Da mich die Frau ständig anblinzelte, wußte ich, daß irgend etwas an mir ihr mißfiel, und man braucht kein Genie zu sein, um zu wissen, daß ärgerliche Menschen gefährlich sind.

Doch es war rätselhaft. Obwohl sie sich einerseits unentwegt über mich ärgerte, kochte sie mir mein Futter und sprach freundlich zu mir, während ich fraß. Manchmal gelang es ihr, mir dabei den Kopf zu streicheln, so daß ich fürchtete, sie würde ihn gleich in den Freßnapf drücken. Vor lauter Futtereifer ertrug ich, wie sie mich streichelte, doch nur bis ich meinen Napf leergefressen hatte.
Mir war klar, daß es noch eine Menge zu lernen gab in meiner kleinen Welt. Die Frau blinkte und zwinkerte alle an, aber nur ich schien mich daran zu stören, ich schien der einzige zu sein, der Notiz davon nahm. Ich beobachtete, wie sie den Kopf des Hundes tätschelte und ihn hinter den Ohren kraulte. Dabei blinkerte und zwinkerte sie unablässig. Doch der Hund kam nicht auf die Idee, davonzulaufen. Es schien ihn überhaupt nicht zu beunruhigen. Auch wenn sie und der Mann in den Sesseln beieinandersaßen und sich unterhielten, zwinkerten sie sich zu, doch keiner von beiden kam auf den Gedanken aufzuspringen und sich vorsichtshalber in die andere Ecke des Zimmers zu setzen, um sein Gegenüber aus sicherer Entfernung im Auge zu behalten. Als ich dem Hund in die Augen schaute, merkte ich, daß sogar er zwinkerte.
In der Welt, in der ich lebte, war jedermann verärgert! Jeden Augenblick hätte einer aufspringen und denjenigen, der gerade in seiner Nähe war, angreifen können! Jeden Augenblick hätte die Frau über den Mann

herfallen, ihn in einen Käfig sperren und in das Auto stecken können! Auch wenn ich allmählich begann, diese beiden menschlichen Geschöpfe zu mögen, beschloß ich, auf Distanz zu bleiben.
Sobald ich diese Entscheidung getroffen hatte, machte die Frau doppelte Anstrengungen, mich zu fassen, zu streicheln und mich herumzutragen. Bei solchen Gelegenheiten begann der Hund zu winseln und starrte mich unglücklich an, und immer wenn ich von einem Stuhl oder von der Couch heruntersprang, scheuchte er mich durch alle Zimmer.
Jeden Tag verließ der Hund das Haus und jagte kleine Tiere über die Wiese. Eines Tages kam er pudelnaß zurück. Sein Fell roch nach Fröschen und Fischen, und ich legte mich ganz eng an ihn heran, in der Hoffnung, seine Träume zu sehen, wenn er schlief. Manchmal funktionierte es, und ich fand mich dann in einer Wiese wieder, über die ich auf hohen Beinen lief, das Gras schien weit fort und meine Füße tief unter mir zu sein, und wenn ich mein Maul öffnete, um etwas zu sagen, drang ein donnerndes Brüllen aus meiner Kehle.
Besonders eigentümlich verhielt er sich in bezug auf das Auto der Frau.
Ich haßte den Wagen. An ihm haftete der Geruch von Trübsal, mit ihm verband ich die lästigen Fahrten zur Tierklinik, Stunden, die ich in einem kleinen blauen Käfig aushalten mußte. Das Auto brachte uns von dem Haus in der Stadt zum Landhaus, und wenn wir

uns gerade halbwegs dort eingelebt hatten, brachte es uns wieder zurück in die Stadt. Doch wenn der Hund sah, daß der Mann und die Frau auf den Wagen zugingen, begann er augenblicklich zu winseln und zu jaulen und brach schließlich in lautes Bellen aus. Er warf sich gegen die Seitenbleche des Autos und kratzte mit seinen Pfoten an den Türgriffen. Ich glaubte natürlich, er machte sich über das Auto her, um es für alle Zeit zu demolieren, doch immer wenn der Mann oder die Frau die Tür öffneten, dann sprang er ganz außer Rand und Band vor Freude hinein, wedelte mit dem Schwanz und preßte seine feuchte Nase gegen das Fenster.

Aber am Ende durchschaute ich ihn: In Wahrheit hatte er nämlich Spaß daran, mit dem Auto zu fahren! Jedesmal wenn er draußen war und sich weigerte, ins Haus zu kommen, ging die Frau zum Auto und öffnete die Tür. Dieses Geräusch erreichte ihn immer, egal wo er sich gerade aufhielt. Er kam dann über die Wiese geschossen und stürzte sich in das Auto. Die Frau brauchte ihn nur noch am Halsband zu nehmen und ins Haus zu ziehen.

Er war kein sehr scharfsinniger Hund.

Einmal saß ich mit meinem Kopf an die Frau gelehnt da und nahm mir vor, ganz ruhig so sitzen zu bleiben, obgleich sie ständig zwinkerte. Doch ich wollte wachsam bleiben, dachte ich mir. Genau an diesem Tag sah mir die Frau geradewegs in die Augen, ohne zu zwinkern, nicht sehr lang zwar, aber immerhin länger als gewöhnlich. Ich wurde neugierig und rückte ihr noch näher, bis mein Kopf auf ihrem Schenkel lag. Sie starrte mich an und zwinkerte nicht ein einziges Mal mit den Augen.

Offensichtlich wollte sie mir ihre Freundschaft beweisen, deswegen ließ ich mich sogar für einige Augenblicke von ihr streicheln, doch ehe ich mich versah, war ich schon neben ihr auf der Couch eingeschlafen. Als ich schließlich wieder aufwachte, streichelte sie immer noch mein Fell, das sich inzwischen noch weicher und wärmer anfühlte. Nur der Hund machte eine grimmige Miene, wie er mich so vom Boden herauf mit finsterem Blick anschaute.

Letzten Endes, dachte ich, ist es eigentlich doch gar nicht so übel, gestreichelt zu werden.

In diesem Augenblick unterbricht mich Grace und fragt: »Warum haben sie dich nicht hinaus auf die Wiese gelassen? Warum lassen sie *mich* nicht raus? Was ist das für ein Leben für eine Katze, schließlich wurden wir mit diesen scharfen Krallen geboren, damit wir uns verteidigen können, und sind wir etwa nicht imstande, die Bäume ebenso schnell wie die Eichhörnchen hinaufzuklettern? Die Eichhörnchen draußen sind so fett und selbstgefällig. Sie kommen ans Fenster und winken uns frech mit ihren Schwänzen zu, weil sie genau wissen, daß wir nicht durch die

Scheiben hinaus können, um sie zu fangen. Andere Katzen laufen doch auch frei draußen umher! Schöne orangefarbene Katzen, die für mich singen, wenn ich auf der Fensterbank sitze und ihnen zuschaue! Sie wollen mit mir spielen! Ich möchte gerne mit ihnen spielen!«

Ich wußte nicht, was ich ihr antworten sollte. Ich weiß, sie werden uns niemals hinauslassen. Das ist sehr schade, oder es war sehr schade, auch wenn es das heute nicht mehr ist. Inzwischen habe ich mich damit abgefunden. Früher lauerte ich an jeder Tür, die sich öffnete, in der Hoffnung, nach draußen auf die Wiese entwischen zu können, um Mäuse, Maulwürfe und Streifenhörnchen zu jagen, die dort durch das feuchte Gras liefen und es mit ihren intensiven Düften und Gerüchen würzten, die selbst durch die Fliegenfenster zu mir hereindrangen. Ich wollte einmal mitkommen, wenn der Hund seine Ausflüge hinunter an den Fluß machte. Ich wollte auf Bäume klettern und mich auf den Kopf des überraschten Hundes fallen lassen, wollte mich in Blätterhaufen verstecken und sehen, ob er mich dort aufstöbern würde. Ich wollte auf einen Stein im Fluß springen und mit einem Schlag meiner Pfote einen Fisch aus dem Wasser ziehen, wollte mich ausgelassen im Gras kugeln und aufspringen und die großen orangefarbenen und schwarzen Schmetterlinge jagen, die ich von meinem ewigen Fenster aus durch die Luft flattern sah. Ich wollte auf den Maulwurf warten, bis er aus seinem Bau herauskäme. Ich wollte mir eine wunderschöne eigene Katze suchen und warten, bis sie mir eines Tages meine kleinen Katzenjungen herbeitragen würde.

Aber die Frau fürchtete, daß uns etwas geschehen könnte, und glaubte – sie glaubt es noch immer –, sie könnte es nicht ertragen. Sie hatte Stadtkatzen gesehen, die von anderen Katzen umgebracht worden waren, hatte Katzen unter den Rädern von Autos sterben sehen, Katzen und Hunde, die mitten auf der Straße von rasenden Autos niedergestreckt worden waren, sogar eine Katze, die von dem Nachbarn nebenan vergiftet worden war. Sie hatte Landkatzen gesehen, die in den bitterkalten Nächten erfroren waren. So etwas soll uns nicht passieren, sagt sie immer, und deshalb hält sie uns im Haus. Schließlich haben wir es ja auch nicht schlecht hier. Wir werden geliebt, umsorgt und behütet.

Ich habe draußen mein Abenteuer mit dem Hund gehabt, und das wird so leicht keiner vergessen. Aber Grace will ich davon nichts erzählen, noch nicht. Wenn sie erfährt, daß ich draußen war und sie nicht, dann beginnt sie bestimmt, Pläne für ihre eigene Flucht in die Welt draußen zu schmieden, und wer weiß, ob sie dabei genausoviel Glück hätte wie ich. Wie dem auch sei, damals, als ich entwischte, war der Hund noch hier. Heute ist er nicht mehr bei uns.

Als der Hund fort war und nie wiederkam, sah die Frau, wie ich dem Zimmer meinen Rücken kehrte und den ganzen Tag lang auf dem Sofa schlief, als sei ich es, der gestorben war. Deshalb ging sie fort und suchte die kleine Grace und brachte sie heim für mich. Ich bin froh, daß sie das getan hat. Ohne die kleine Grace wäre ich auf dem Sofa liegengeblieben, bis mein Atem ausgesetzt hätte. Doch jetzt ist Grace hier, und auch wenn ich mich manchmal über sie beschwere, ist das Leben wieder gut und interessant.

Der Mann und die Frau gehen täglich hinaus auf Mäusejagd. Sie jagen nicht nach der Art von Mäusen wie Klein Grace und ich, sondern nach Mäusen, die kleingehackt in Konserven oder Einmachgläsern zu haben sind. Manchmal sind die beiden auf der Jagd nach Futter für uns wochenlang außer Haus, und wenn sie dann zurückkommen, bringen sie viele Papiertüten mit, die voll sind von Dosen mit Mäusen darin. Wir müssen niemals Hunger leiden, und es gibt soviel, was mich glücklich macht. Doch wenn ich Klein Grace am Fenster sitzen sehe, wie sie ihren Vögeln nachschaut, oder wenn ich selbst am Fenster sitze und den Katzen zusehe, die auf unseren Zaun klettern und in den Nachbargarten hinüberspringen, dann empfinde ich manchmal eine Traurigkeit, die mir den Kopf schwer und die Pfoten langsam macht, und ich springe dann vom Fensterbrett hinunter und lege mich an einen sicheren Platz zum Schlafen. Wenn ich dann wieder aufwache, fühle ich mich besser.

Ich habe mich nicht nur mit meinem Leben abgefunden. Ich bin in dieses Leben eines Hauskaters hineingewachsen, eines Hauskaters, der manchmal in der Stadt und manchmal auf dem Lande lebt. Ich bin heute ein glücklicher Kater, doch diese Zufriedenheit kam mit dem Alter und mit der Erfahrung. Ich weiß, daß es ein hoffnungsloses Unterfangen wäre, das jetzt Klein Grace erklären zu wollen, die gerade wieder einmal am Fenster sitzt, von wo aus sie ihre vollständig verzehrbare, wundervoll erschnupperbare Welt betrachtet.

Statt dessen will ich ihr eine Geschichte aus meinem Leben erzählen. Ich sage zu ihr, kleine Grace, die Welt dort draußen ist nicht immer so wunderschön, wie du glaubst.

Grace sieht zu mir auf, macht ihre Augen klein, leckt ihre Pfote und meint: »Unsinn. Woher willst du das denn wissen? Du bist doch selbst noch nie draußen gewesen!«

Ich verliere die Geduld und sage zu ihr, daß sie mir nicht zugehört hat. Habe ich ihr nicht von der Zeit erzählt, als ich mit meiner Mutter in der Mauer lebte?

»Ach«, sagt sie, »das ist doch alles schon so lange her. Die Welt hat sich verändert. *Jetzt* ist es dort draußen wunderbar.«

Warum sollte ich über so etwas erstaunt sein? Katzen sind halsstarrige und eigenwillige Geschöpfe. Sie wollen nicht aus Erfahrungen lernen. Sie sind Optimisten und sagen sich, wenn die Welt heute kein wunderbarer Ort ist, dann ist sie es morgen. Morgen wird alles anders sein. Morgen ist ein neuer Tag! Was hat morgen mit gestern zu tun? Jeden Tag aufs neue wird die ganze Welt neugeschaffen. Morgen sind möglicherweise alle schlechten Dinge ausgelöscht. Ich kann den nächsten Tag kaum erwarten, um nachzusehen, ob die neue Welt endlich so geworden ist, wie ich sie mir gewünscht habe.

Aber es gibt eben auch Kater, wie ich einer bin, die Ausnahmen von der Regel, die Schwarzseher. Und dennoch, in all den glücklichen Jahren habe ich mehr und mehr von meinem Pessimismus abgelegt, und jedes Jahr werfe ich mehr ab, so wie ich mein Sommerfell abwerfe, bevor der Winter kommt.

»Laß dir erzählen, was sich eines Tages in Maushausen zugetragen hat«, sagte ich. »Ich konnte zwar nicht nach draußen, das stimmt, aber das Draußen kam bisweilen zu mir herein.«

»Ist das denn möglich?« fragte Grace, und ihre Ohren richteten sich auf. »Können Tiere hereinkommen? Vögel und andere Katzen?«

»Oh, ja, Vögel können hereinkommen«, sagte ich. »Aber es ist nicht so aufregend, wie du glaubst. Einmal stand die Ofentür in Maushausen offen, und es kam ein Vogel ins Zimmer geflogen. Die Frau fing ihn, bevor wir das taten, und brachte ihn wieder hinaus.«

»Vögel gehören uns!« meinte Grace vorwurfsvoll.

»Ja«, sagte ich, »aber dieser Vogel flog so panisch im Zimmer herum und gegen die Wände, daß er schließlich zu Boden stürzte. Die Frau wickelte ihn in ein Handtuch und brachte ihn nach draußen. Glaub mir, kleine Grace, es ist nicht sehr fair, einen Vogel aufzufressen, der vor lauter Angst gegen die Wände fliegt und das Bewußtsein verloren hat!«

»Ach, ich weiß nicht«, meinte Grace, während sie sich die andere Pfote leckte.

»Es gibt vieles, was du nicht weißt«, sagte ich.

»Erzähl mir, wie das Draußen hereingekommen ist«, sagte Grace und zuckte aufgeregt mit dem Schwanz.

»Versprich dir nicht zuviel«, sagte ich. »Es ist keine sehr lustige Geschichte.«

»Keine deiner Geschichten ist lustig«, entgegnete sie gereizt. »Dein Leben in der Mauer, die Ärzte in der Tierklinik!«

Sie sagte das mit einer gewissen Verächtlichkeit, und das betrübte mich, weil ich weiß, daß auch sie die weniger fröhlichen Seiten des Lebens unweigerlich erfahren wird. Früher oder später muß das jeder von uns, und es wird kein glücklicher Tag für mich sein, wenn sie trauriger und lebenserfahrener wird.

»Nun erzähl doch deine Geschichte«, sagte sie ungeduldig.

»Wir waren in Maushausen, das du ja gut kennst«, begann ich. »Und wie du ebenfalls weißt, waren der Mann und die Frau sehr gewissenhaft, was die Türen des Hauses betrifft. Sie schlossen jede Tür hinter sich, ob sie nun in den Holzschuppen gingen oder hinaus zum Auto.«

»Das weiß doch jeder«, sagte Grace.

»Ja, aber einmal haben sie vergessen, die Tür zum Holzschuppen zu schließen, und ein Waldmurmeltier kam herein. Der Mann und die Frau waren nicht zu Hause. Sie waren mit dem Wagen fortgefahren, um nach Futter zu jagen. Ich war damals noch klein, noch jünger als du heute, Grace. Ich sah ein Tier, das aussah wie ein Kissen, ein hundefarbiges ...«

»Hundefarbiges?« unterbrach mich Grace.

»Schwarz, weiß und grau und braun, gelblich braun, eben wie Sam, mein Hund«, sagte ich. »Mein Hund war ja ein halber Wolf, wie du weißt. Er konnte sehr wild sein, und Murmeltiere mochte er überhaupt nicht. Ich kannte Murmeltiere noch nicht und dachte, es wäre spaßig, mit ihm zu spielen. Aber sobald ich in seine Nähe kam, gab es merkwürdige Töne von sich, zog die Lippen hoch und bleckte seine Zähne. Es fing an, mit seinen langen Klauen nach mir zu schlagen, doch ich war so dumm, daß ich sogar noch näher an dieses kissenähnliche Tier herantänzelte. Gerade in diesem Augenblick kam der Hund die Treppe herunter und sah, was los war. Er knurrte und bellte, aber das Murmeltier muß taub gewesen sein, denn es kam mir immer näher, und ich war zu ängstlich, mich zu bewegen oder fortzulaufen.

Als der Hund das sah, griff er das Waldmurmeltier an. Jetzt verstand ich endlich, warum er diese enorm großen Zähne hatte. Er schnappte das Murmeltier beim Rückenfell. Aber irgendwie schaffte es das Murmeltier, sich umzudrehen, und war nun drauf und dran, selbst zuzubeißen, mit *seinen* eigenen Zähnen. Die waren noch schrecklicher als die Zähne meines Hundes. Ich sprang auf den kleinen Tisch am Fenster und stürzte mich von dort hinab auf das Murmeltier und grub meine Klauen in seinen Schädel. Das Murmeltier war so überrascht, daß es von dem Hund abließ und nach mir suchte. In dem Augenblick schnappte mein Hund zu. Seine Zähne drangen tief in die Kehle des Murmeltiers. Es schrie auf und lag dann stumm da. Wir sahen, wie es mitten auf dem Teppich im Wohnzimmer zuckte. Aus seiner Kehle sprudelte das Blut wie Wasser.

Schließlich kamen der Mann und die Frau zurück und sahen das Murmeltier mitten auf dem Teppich liegen. Sie kamen auf uns zugerannt und tasteten wieder und wieder unser Fell ab, bis sie überzeugt waren, daß uns das Murmeltier nicht verletzt hatte. Dann packten sie das Murmeltier und trugen es hinaus. Sie lassen uns nie ein Tier fressen, das wir selbst erlegt haben, weißt du. Wenn ich eine Maus fange und ihren Kopf abgefressen habe, schreit die Frau, holt eine Serviette und bringt die Maus hinaus, und wenn sie wiederkommt, sagt sie: *Guter Kater, braver Kater,* aber ich bin mir nie ganz sicher. Meint sie das auch so?

Als ich klein war, hatte ich einmal vier Mäuse gefangen, legte sie hübsch in eine Reihe, und bekam nicht genug davon, sie immer und immer wieder zu zählen. *Taps* für die erste, *Taps* für die zweite, *Taps* für die dritte, *Taps* für die vierte. War das schön! Immer wieder mußte ich mir selbst zu meiner guten Arbeit gratulieren! Es machte mir mehr Freude, sie zu zählen als sie aufzufressen. Doch die Köpfe fraß ich. Mauseköpfe sind nämlich köstlich. Denen kann man nicht widerstehen. Aber als die Frau die Treppe herunterkam, was tat sie wohl? Sie schrie auf und rannte wieder hoch. Sie rief so lange nach mir, bis ich auch hoch kam, und dann sagte sie: ›Guter Kater, braver Kater‹. Um das zu hören, tun wir beide alles, nicht wahr? *Gute Katze, brave Katze?*«

»Ich nicht«, sagte Klein Grace. »Erzähl mir doch jetzt, wie das Draußen hereingekommen ist.«

»Diese Geschichte habe ich dir gerade erzählt! Das Murmeltier *war* das Draußen, das hereingekommen ist! Das Draußen hat lange Krallen und scharfe Zähne, und es war schwerer und stärker als ich, so schwer und stark, daß es fast meinen Hund getötet hätte. Du mußt nicht glauben, draußen könne man bedenkenlos umherhüpfen und herumschnüffeln, Grace! *Dich* hätte das Murmeltier bestimmt aufgefressen!«

Sie streckte sich, und mit einem kurzen Ruck kehrte sie ihren Bauch nach oben. Niemand würde etwas so Possierliches und Hübsches wie sie auffressen wollen! »Ich möchte aber gern einmal raus«, sagte sie. »Ich würde schon auf die Murmeltiere achten. Eines Tages werde ich gehen.«

»Ja, eines Tages«, sagte ich. »Eines Tages werden wir beide rausgehen.«

Wir würden nie hinausgehen. Das war mir klar. Aber warum sollte es auch Klein Grace wissen? Sie würde es schon beizeiten begreifen. Irgendwann wird es ihr auch nichts mehr ausmachen.

»Wir werden Eichhörnchen und Schmetterlinge jagen«, sagte Grace verträumt.

»Eichhörnchen und Schmetterlinge und Mäuse«, antwortete ich. »Wir werden sie alle jagen.«

»Alle«, wiederholte Grace schlaftrunken, rollte ihren Schwanz um sich und schlief ein.

Während sie schlief, dachte ich zurück an die ersten Tage in dem Stadthaus, an meine ersten Ausflüge nach Maushausen und daran, wie lange ich gebraucht hatte, Vertrauen zu der Frau zu gewinnen. Ich staunte, wie geduldig sie mit mir gewesen war. Selbst meine eigene Mutter hatte nicht solche Geduld gehabt. Immer wenn ich versucht hatte, unseren Unterschlupf in der Mauer zu verlassen, obwohl sie es gerade nicht für ratsam hielt, wenn ich mich draußen sehen ließ, kam sie hinter mir her, schnappte mich bei meinem Nackenfell und trug mich zurück, wobei meine Pfötchen hilflos in der Luft baumelten. Wenn ich ihr dann doch wieder zu entwischen versuchte, verpaßte sie mir einen ordentlichen und kräftigen Schlag mit ausgefahrenen Krallen. Einmal schleppte sie mich eine ganz schöne Strecke weit, so daß ich jede Unebenheit und jeden Kieselstein im Betonboden zu spüren bekam.

Am Anfang, als ich lernte, meinen Kopf auf den Schenkel der Frau zu legen, war ich noch sehr mißtrauisch und stets darauf gefaßt, im nächsten Augenblick Reißaus zu nehmen.

Jedesmal wenn ich mich gerade an das Leben in Maushausen gewöhnt hatte und mir einzubilden begann, daß ich es mir nun für immer unter warmen Holzöfen gemütlich machen könnte, griff mich die Frau und packte mich in meinen blauen Käfig, und wir fuhren zurück ins Stadthaus. Dort gab es jedoch keine Holzöfen, sondern nur Heißluftgeräte auf den Böden. Wie sollte ich da der Frau vertrauen!

Doch mit der Zeit verlor ich allmählich meine Furcht vor dem blauen Käfig, und eines Tages, als in Maushausen wieder die Holzöfen geheizt waren und der Schnee gegen die Fensterscheiben wehte, fühlte ich mich so wohl, daß ich begann, es mir am Schenkel der Frau gemütlich zu machen, indem ich mich mit Vorderpfoten, Schultern und Kopf auf ihr schlafen legte. Einige Monate lang habe ich diese Gewohnheit gepflegt, bis ich schließlich in voller Größe auf ihren Schoß geklettert bin. Dort habe ich dann eine wundervolle Entdeckung gemacht. So wie die Frau nämlich ein- und wieder ausatmete, so wurde auch ich gewiegt, ganz sachte auf und ab. Das war, als ob ich auf dem Bauch meiner Mutter schliefe, nur besser. Und wenn mich die Frau nahe an ihrer Brust hielt, konnte ich ihr Herz schlagen hören, *poch, poch, poch,* wie das Herz meiner Mutter, nur langsamer und lauter, das wunderbarste, beruhigendste Geräusch. Dort schlief ich besonders tief und träumte von dichten Wäldern und manchmal von einer Gegend, in der es sehr warm war, wo die Sonne immer schien und große Standbilder von steinernen Katern über gewaltige Gebäude wachten.

Bei der nächsten Gelegenheit wurde ich jedoch wieder geschnappt und ins Auto gepackt, und es ging zurück nach Kaltenhausen, dem Haus in der Stadt. Dort gab es nur wenige Düfte von wilden Tieren, eigentlich war nur hin und wieder eine einzelne Maus zu riechen, wenn sie ins Nachbarhaus lief. Der Hund versuchte mir einzureden, diese Ausflüge von einem Haus zum anderen seien Teil unseres Lebens, doch ich war anderer Meinung. Ich sagte ihm, daß diese langen Autofahrten vom Stadthaus zum Landhaus nicht nötig seien. Ich versuchte ihm meine Theorie auseinanderzusetzen, an die ich übrigens immer noch glaube, daß nämlich die Menschen nicht alles wissen. Warum sollten sie sonst in flache kleine schachtelähnliche Dinger sprechen, die sie sich ans Ohr halten – als ob sie glaubten, so eine Schachtel könnte wirklich hören, was sie sagten? Und warum verbrachten sie wohl soviel Zeit damit, auf Bücher zu starren, auf Papier? Auf Büchern läßt es sich vielleicht ganz gemütlich liegen, jedenfalls im Winter, dann sind sie wärmer als ein Holzfußboden, aber doch nicht interessant. Bestimmt nicht so interessant wie wir!

Das ist doch klar, Menschen wissen nicht alles, denn wenn sie es täten, dann würden sie nicht in ein Auto steigen und immer und immer wieder um die ganze Welt fahren, nur um von Kaltenhausen nach Maushausen oder von Maushausen nach Kaltenhausen zu kommen. Sie würden einfach durch die Tür gehen! Konnte der Hund das nicht begreifen? Jeder Idiot sieht das doch ein!

»Was meinst du für eine Tür?« fragte mich der Hund.

»Die ist *irgendwo* im Haus«, antwortete ich. »Möglicherweise im Dachgeschoß hinter irgendwelchen Kisten. Aber die Leute sind zu faul, die Kisten fortzurükken, um an die Tür zu kommen. Wenn sie es täten, fänden sie Maushausen dahinter. Wenn wir durch diese Tür gingen, würden wir uns im Holzschuppen von Maushausen wiederfinden. Das ist doch so klar wie die Schnurrhaare in deinem Gesicht.«

»So eine Tür gibt es nicht«, behauptete der Hund starrsinnig, »und du tätest gut daran, endlich dein erbärmliches Gemaunze sein zu lassen, sonst werden sie noch ärgerlich mit dir und geben dir keine Knochen zum Abnagen.«

Knochen zum Abnagen!
»Du bist genauso dumm wie sie«, sagte ich zu dem Hund.
»Sieh mal her, Kurzer«, sagte er. »Ich halte meinen Kopf aus dem Fenster, während wir fahren. Warum tue ich das wohl?«
»Um dich abzukühlen«, antwortete ich.
»Um alle Gerüche entlang des Weges wahrzunehmen«, sagte der Hund. »Jede Meile Weg, die wir fahren, hat ihren eigenen Geruch, und wenn der Wagen einmal schlappmachen sollte, könnte ich anhand meiner Landkarte der verschiedenen Gerüche zurückfinden, ob zum Landhaus oder dem Haus in der Stadt. Mit deiner Nase kann etwas nicht in Ordnung sein, denn sonst würde dir deine eigene Landkarte von Gerüchen sagen, daß wir ziemlich weit fahren müssen, um nach Maushausen zu kommen.«
»Und woher willst du das wissen?« fragte ich den Hund. »Wie willst du wissen, daß der Mann nicht im Kreis herum fährt? Wenn du deiner Gerüchekarte folgtest, würdest du ebenfalls im Kreis laufen. Du würdest deine Kräfte ganz umsonst erschöpfen! Und dabei bräuchtest du doch nur durch die Tür des einen Hauses hinauszugehen, um in das andere Haus hineinzukommen!«
»Ach, es ist sinnlos, mit dir zu reden«, meinte der Hund. »Haben alle Kater so miserable Nasen?«
Ich gab zur Antwort, daß meine Nase ausgezeichnet

sei. Der Hund bildete sich nur etwas auf seine Nase ein, weil sie so lang war. Der Weg von seinen Augen bis zur Nasenspitze war so lang wie mein ganzer Körper. »Auch wenn meine Nase klein ist«, sagte ich, »funktioniert sie prima.«

»Die funktioniert überhaupt nicht«, meinte der Hund, »wenn du glaubst, wir führen im Kreis. Und hör doch endlich auf, hier im Auto herumzumaunzen! Es hilft dir doch nichts. Du machst mir nur Kopfschmerzen damit. Die Frau muß ständig beruhigend auf dich einreden, wie soll ich das Stunde um Stunde aushalten! *Foudini. Hab keine Angst, Foudini. Bald sind wir ja da.* Sie muß dich für einen Vollidioten halten, dir immer und immer wieder dasselbe zu sagen!«

»Und du glaubst wohl, du bist kein Idiot?« fragte ich den Hund. »Jedesmal wenn es donnert oder blitzt, springst du in die Badewanne und steckst deinen Kopf unter den Wasserhahn. Du versuchst dermaßen panisch, dich unter den Betten zu verkriechen, daß du sie in die Höhe hebst. Ein so großer Hund wie du und hat Angst vor Blitz und Donner!«

Während wir uns stritten, lag ich gemütlich eingekuschelt bei dem Hund, aber als ich ihn einen Idioten nannte, wurde er ziemlich gereizt, hob seine gewaltige Pfote und legte sie auf mich, so daß ich mich kaum noch rühren konnte.

»Kleine Kater sollten auf die Älteren hören«, sagte er. »In meinen Träumen laufe ich durch Felder, und wenn ich auf eine Einfriedung aus Steinen komme, springe ich hinüber, und dann bin ich in den dunklen Wäldern, wo der Boden weich ist von herabgefallenen Fichtennadeln, so daß mich das Wild nicht hören kann. Ich weiß, daß ich den Hirsch fangen werde und alle Wölfe in meinem Rudel satt werden. Der Himmel verdunkelt sich, der Mond verschwindet hinter den Wolken, und die Sterne verlöschen, und ich kann nichts mehr sehen. Aber das macht mir nichts aus, weil ich ja meine Landkarte von Gerüchen habe, mit der ich weiterhin dem Hirsch nachstellen kann.

Doch dann passiert etwas Schreckliches! Es beginnt zu blitzen, und sekundenlang wird alles taghell. Ich sehe die Blitze vom Himmel zucken und wie sie in meinen Vater fahren, der danach bewegungslos und stumm am Boden liegt. Ich bleibe bei ihm und heule und heule in der Hoffnung, ihn wieder aufzuwecken, während der Sturm vorübergeht. Die Sonne kommt wieder hervor, und Strahlen goldenen Lichts gleißen durch das Geäst der Bäume über mir. Aber mein Vater wacht nicht mehr auf, und sein Körper beginnt schließlich unangenehm zu riechen. Ich begreife, daß er jetzt nur noch ein toter Gegenstand und kein Wolf mehr ist und daß ich ihn verlassen muß. Mir wird klar, daß der Blitz seinen Wolfsgeruch von ihm genommen und ihn in etwas Schreckliches verwandelt hat. Wenn jetzt der Himmel bellt mit seinem Donner, dann weiß ich, daß ich mich in Sicherheit bringen muß. Viel-

leicht träumst du ja auch manchmal schlecht«, sagte der Hund.
»Jedenfalls ist noch kein Kater von einem Blitz getroffen worden«, sagte ich.
»Ja, träum nur weiter!« meinte der Hund. »Kater klettern auf Bäume, und in die schlägt der Blitz ein! Einmal ist der Blitz in einen Baum in Maushausen eingeschlagen. Der Baum krachte zu Boden und zerbrach dabei mit einem seiner Äste ein Fenster.«
»Vielleicht werde ich wohl lieber doch nicht auf Bäume klettern, wenn Gewitter ist«, sagte ich nachdenklich.
Aber der Hund meinte, das würde nicht reichen. Wenn ich hörte, wie der Himmel zu bellen begänne, müsste ich mich so gut es ginge verbergen, am besten unter etwas Schwerem, damit mich der Blitz nicht erwische.
»Der Blitz hat gute Augen«, meinte er. »Genauso gute wie du selbst.«
Ich warf ein, daß der Mann und die Frau sich auch nicht verstecken, wenn sie hören, wie der Himmel zu bellen und zu blitzen beginnt. Darauf antwortete der Hund, daß, wie ich ja selbst bereits bemerkt hatte, Menschen eben nicht alles wissen. Er sei sich sicher, daß jedesmal, wenn es am Himmel blitzt, ein Mensch getroffen würde.
»Aber die Frau sitzt im Sessel und sieht dem Unwetter zu, während sie mich auf ihrem Schoß hält«, sagte ich,

worauf der Hund meinte, ich sei töricht, das zuzulassen. Außerdem, wann ich wohl endlich damit aufhören würde, unsere Menschen immer nur »die Frau« und »der Mann« zu nennen? Ob es nicht langsam an der Zeit sei, ihnen Namen zu geben? *Er* habe ihnen längst Namen gegeben, schon vor Hundejahren. Ich fragte ihn, welche Namen er ihnen gegeben habe, doch er meinte nur, ich müsse mir selbst welche ausdenken. Hunde denken sich für ihre Menschen Namen aus, aber seiner Meinung nach verraten nur törichte Hunde diese geheimen Namen. Wenn er mir seine Namen verriete, sagte ich, würde ich sie bei diesen Namen nennen, doch der Hund wollte nicht. Er meinte, die Namen, die er unseren Leuten gegeben habe, seien seine Angelegenheit, ich hätte mir meine eigenen Namen auszudenken.

Also beschloß ich, gute und passende Namen für unsere Menschen zu finden.

Zu der Zeit, als ich beschloß, unseren Menschen passende Namen zu geben, war es schon dahin gekommen, daß ich Stunden damit zubrachte, auf dem Bauch der Frau zu liegen. Stundenlang saß ich auf ihrem Schoß, während sie auf der Maschine schrieb und schrieb; auch so eine rätselhafte, sinnlose Tätigkeit, die nichts anderes einbrachte als kleine Lichtbuchstaben, die wie Käfer über den Bildschirm ihres Gerätes krabbelten. Ich hatte schon seit langem einen Groll auf diese Maschine, weil die Frau ihr soviel Zeit und Aufmerksamkeit schenkte. Eines Tages, als ich auf ihrem Schoß lag und sie beobachtete, wie sie schrieb, richtete ich mich auf und legte meine Pfote auf die Tasten, und Reihe um Reihe von J flogen auf dem Bildschirm hin und her. Als ich meine Pfote wieder fortnahm, hörten die Buchstaben auf, und legte ich sie erneut auf die Tasten, flogen wieder mehr und mehr dieser J über den Bildschirm.

Das ist doch langweilig, dachte ich.

»Willst du mal etwas sehen?« fragte die Frau und rief den Mann zu sich ins Zimmer. »Er schreibt Reihen von J«, sagte sie. »Ist das nicht fabelhaft?«

»Wenn ich du wäre«, meinte der Mann, »dann würde ich diesen Kater aus dem Zimmer sperren, solange ich arbeite.«

Mich aussperren! *Diesen Kater* aussperren! Was dachte er sich dabei, derart über mich zu reden?

Ich mag den Mann nicht, dachte ich. Dieser Mann ist eifersüchtig auf mich.

Erst kürzlich habe ich damit angefangen, bei der Frau im Bett zu schlafen. Zunächst am Fußende, wo der Hund auch immer liegt, doch dann verlockte mich das regelmäßige Atmen der Frau dazu, allmählich immer höher zu kriechen, bis ich schließlich ganz dicht an ihr dran war. Ich legte meinen Kopf auf das Kissen, drückte meine Nase gegen ihre Wange und schlief ein. Am Anfang störte mich noch das Atmen der Frau, denn wenn sie ausatmete, trafen die kleinen Luftzüge aus ihrer

Nase meine Ohren, so daß sie zuckten. Doch bald hatte ich herausbekommen, wo auf dem Kissen mein Kopf liegen mußte. Das Geräusch ihres Atems war dann so angenehm und beruhigend wie die Wärmewellen, die über mich hinwegglitten, wenn ich unter dem Holzofen schlief.

Als ich so nach und nach auf das Kopfkissen rutschte, öffnete die Frau einen kurzen Moment lang ihre Augen einen winzigen Spalt weit, hob ihre Decke und deckte mich damit zu, und ich wehrte mich nicht dagegen. Einige Zeit später entdeckte ich, daß es sogar noch schöner war, wenn ich noch näher an die Frau heranrückte, denn dann wurde mir überall ganz warm, und sie legte ihren Arm um mich, und ich schlief schnurrend ein. Es war kuschelig und warm in dem Bett, und am Fußende schlief der Hund laut schnarchend. Mein Glück war wirklich perfekt, dachte ich.

Doch hatte natürlich auch diese Glückseligkeit ihre weniger glückliche Seite, denn wenn der Mann hereinkam – er ging fast immer später zu Bett als die Frau – und mich auf seiner Seite des Bettes fand, dann schob er seine große Hand unter mich und hob mich zur Seite, als ob er mit der Omelettschaufel ein Spiegelei aus der Bratpfanne hebe. Er sagte: »Dummer Kater« und schüttelte sein Kissen auf. Verständlicherweise wollte ich nicht neben ihm schlafen, also ging ich wieder zurück ans Fußende und kuschelte mich an den

Hund, der sogleich anfing behaglich zu grunzen, sobald er mich kommen spürte. Und wenn er noch wach war, wandte er seinen Kopf zu mir und leckte mich einmal mit seiner Zunge, und so schlief ich ein: mit meinem warmen Rücken gegen das rauhe Fell des Hundes gedrückt und an meiner Seite, wo er mich gerade geleckt hatte, noch ganz feucht und kalt. Aber mir wurde schnell wieder warm.

Als ich in der Weise eines Nachts wieder eng an den Hund geschmiegt dalag und auf seinen rasselnden Atem hörte und das Atemgeräusch des Mannes und der Frau, da plötzlich fielen mir die Namen ein, die ich ihnen geben wollte. Ich werde die Frau »Warm« nennen, beschloß ich, und den Mann »Pest«.

Es ist ja einleuchtend, warum ich entschied, die Frau »Warm« zu nennen. Immerzu sprach sie mit mir oder trug mich umher, oder sie knotete für mich Bindfäden um einen Papierball oder brachte mir kleine Beutel mit leckerem Katzenfutter. Oder sie versuchte, mich zu bürsten – was allerdings nicht so angenehm war. Die Borsten kratzten mir auf der Haut, und ich attackierte, ohne groß nachzudenken, den Bürstengriff. Dabei verkalkulierte ich mich bisweilen und erwischte statt dessen ihre Hand mit meinen Krallen. Sie schrie dann auf, und ich schämte mich ganz schrecklich. Außer wenn sie mich in den Käfig packte, war sie aber fast immer wunderbar zu mir.

Der Mann war einfach eine Pest, denn immer wenn

er zu uns ins Bett stieg, sagte er so etwas wie »Meine Seite des Bettes« und »Habe ich denn gar kein Recht auf einen kleinen Winkel für mich in diesem Bett?«. Oder er sagte: »Kannst du den Kater nicht auf deiner Seite des Bettes behalten?« Und: »Meinst du, der Kater hat Flöhe? Seit einiger Zeit juckt es mich ständig.« Aber er kochte für uns. Wenn er morgens aufstand, ging er in die Küche, nahm etwas Fleisch aus dem Kühlschrank und briet es in der Pfanne, während die Frau immer nur Konservendosen und Einmachgläser öffnete.

Aber er zog den Hund mir vor, das war eindeutig. Der Hund schlief auf dem Teppich hinter seinem Schreibtischsessel, und wenn es zu regnen begann, kroch der Hund unter seinen Schreibtisch und legte sich auf die Füße des Mannes.

Mir wurde allmählich klar, daß jedes Tier seine eigene ihm zugewiesene Person hatte. Mir ist Warm zugewiesen worden. Dem Hund war Pest zugewiesen. Der Hund und ich waren einander zugewiesen. Tatsächlich, die Welt war letztlich wohlgeordnet.

Als ich mich schlafen legte, dachte ich, ich sollte Grace unbedingt erklären, daß jeder von uns seine ihm zugewiesene Person hatte. Sie sollte sich jemanden aussuchen und ihm durchs Haus folgen und auf seinem Schoß sitzen und sollte sich nicht, wie sie das tut, flatterhaft an alles und jeden verteilen, als sei sie Konfetti. Grace meint, die ganze Welt sei *ihr* zugewiesen.

Es ist falsch von mir, sie in dieser Unwissenheit durchs Leben tanzen zu lassen.
Wenn ich ihr alles vorsichtig und geduldig erklärt hätte, würde Grace, dessen war ich mir sicher, Pest als ihre zugewiesene Person wählen. Sie ist die Art von Katze, durch die andere Katzen in den Ruf geraten, gierige und undankbare Tiere zu sein, die für einen warmen Teller Futter ihre Seelen verkaufen. Sie verliebt sich sofort in jeden, der sie füttert, obgleich sie für gewöhnlich ein gutes Gespür dafür hat, daß sie sich von Warm fernhalten sollte. Ich lasse mir von Katze Grace fast alles gefallen, aber ich ließe niemals zu, daß sie mir meinen Platz bei Warm streitig macht. Warms Schoß ist mir zugewiesen. Deswegen schläft Grace auf dem Fußschemel bei Warms Füßen, denn sie weiß, dort werde ich sie nicht wild anstarren und verjagen.
Trotzdem versucht sie es manchmal. Gestern zum Beispiel saß sie auf Warms Schoß, und als ich sie wütend anfunkelte, schloß sie die Augen und gab vor, zu schlafen. Aber sie beobachtete mich, das wußte ich genau, durch ihre halbgeschlossenen Schlitzaugen. Nachts, wenn sie aufs Bett hinaufklettert, tut sie so, als ob sie am Fußende fest eingeschlafen sei, aber sobald sie glaubt, daß auch ich eingeschlafen sei, kommt sie langsam zum Kissen hochgekrochen. Wenn ich dann meinen Kopf hebe, mich umdrehe und sie ansehe, dann merkt sie, daß sie Ärger bekommen wird, und macht

kehrt. Aber sie ist anmaßend. Katze Grace ist ein anmaßender Typ von Katze.
Neulich hat sie versucht, Warm das Sprechen beizubringen! Sie steht auf einem Tisch und spricht zu ihr, und Warm antwortet mit Katzenstimme. Es ist eine gute, echte Katzenstimme, aber natürlich weiß Warm nicht, was sie da sagt, und die zwei führen die seltsamsten Gespräche. »Ich rieche ein Eichhörnchen«, sagt Warm zum Beispiel, während sie eigentlich fragen will »Bist du schon wieder hungrig?« Oder sie sagt völlig grundlos »Fliegensuppe!« oder »Vogelfedern! Geh fort!« Wenn Grace sie fragt: »Warum öffnest du nicht den Schrank, damit ich darin nach Mäusen jagen kann?«, antwortet Warm: »Pieksige Schnurrhaare! Gefahr!«
»Kann ich das Plätzchen haben?« fragt Grace. »Darf ich den Fisch haben? Bekomme ich die Maus?«
»Kater riecht!« sagt Warm.
»Krieg ich den Schinken?« fragt Grace.
»Alarm! Alarm!« sagt Warm.
Die beiden schwatzen und babbeln, sie sind wie ein Turm zu Babbilon.
Wenn Warm mit mir spricht, dann ermutige ich sie nicht, noch mehr zu reden, und gebe ihr keine Antwort. Als ich noch klein war, hat es mich manchmal gereizt, ein Gespräch mit ihr zu wagen, aber der Unsinn, der dabei herauskam, machte mich ganz schwindelig, und wenn ich heute etwas brauche – etwas zu

fressen, oder ich möchte aus einem Zimmer heraus- oder in ein anderes hineingelassen werden oder auch nur, um Warm herbeizurufen, damit sie mich von Grace erlöst, wenn die gerade mal wieder von ihren Zärtlichkeitsanwandlungen ergriffen wird und mir völlig unkontrolliert in die Ohren beißt –, dann rufe ich sie mit lauter Stimme herbei, aber ich stelle mich taub, wenn Warm dann ihre abscheuliche Katzensprache anwendet.

Warm wird niemals Katzensprache sprechen lernen. Man könnte meinen, das sei ihr selbst klar, aber dem ist ganz und gar nicht so, denn so oft sie einer Katze, die sie auf der Straße sieht, in ihrer Miau-Sprache zuruft oder so oft sie Grace zumiaut, immer erstarrt das überraschte Tier und hält nach einer anderen Katze Ausschau, was Warm wiederum glauben läßt, Katzen könnten sie verstehen. Sie hat keine Ahnung, daß die Katze auf der Straße gerade jemanden zu ihr »Goldfisch« hat sagen hören oder »In die Bäume! Eichhörnchenmilch! Das Ei kommt! Ohr Dornen! Halsband Fressen!«

Wenn sie mich zum Arzt bringt, dann entschuldige ich mich immer ganz überschwenglich für sie bei den anderen Katzen im Wartezimmer: »Sie meint es nicht so. Sie weiß nicht, was sie sagt.«

»Hundeatem!« sagt Warm.

Die anderen Katzen sehen mich dann ganz mitleidig an und fragen sich, warum gerade ich das Pech habe, einem Menschen zugewiesen zu sein, der ein kompletter Idiot ist. Es versteht sich von selbst, daß ich solch einen Ton nicht einfach hinnehmen kann. Ich bin ein loyaler Kater. Ich kann nicht dasitzen und zuhören, wie völlig wildfremde Katzen Warm beleidigen. Also mache ich mich aus Warms Armen frei und falle über denjenigen her, der glaubte so etwas über Warm sagen zu dürfen. Aber wird mir mein Einsatz vergolten? Wird er nicht. Warm packt mich, sperrt mich wieder in meinen Käfig und schimpft mit mir durch das Gitter. »Jetzt werden sie alle glauben, du bist immer noch ein boshafter, verrückter Kater«, sagt sie. Und dann wendet sie sich dem Kater zu, den ich gerade angegriffen habe, und sagt: »Pelz Ball Zunge! Fressen Fell!« Es bringt einen zum Heulen, wie Warm die Sprache verschandelt.

Doch ich habe gerade von der Zeit erzählt, als ich noch jung und noch meinem Hund zugewiesen war.

Wir Katzen können uns nicht lange bei ein und derselben Sache aufhalten – es sei denn, es geht um eine Maus. Wir sind sehr sprunghaft und widmen unsere Aufmerksamkeit mal diesem, mal jenem, mal der Vergangenheit, mal der Gegenwart. Wir befassen uns mit der Welt und wollen sie verstehen, doch ist dieses Unterfangen so schwierig, daß wir häufig müde werden und unser berühmtes Nickerchen machen. Wenn wir dann schlafen, dann träumen wir von vergangenen Leben und vergangenen Katzengenerationen, und

manchmal wachen wir auf und haben die Antwort auf die Frage, die uns derart beschäftigt hatte, daß wir eine Weile ausruhen mußten.
Ich erinnere mich, daß ich eine Zeitlang ganz besessen war vom Wetter.
Wie ich schon sagte, wurde ich im Winter geboren. Deshalb glaubte ich, es würde immer Winter bleiben und der Heizkessel würde im Keller bullern und ich könnte für immer so gemütlich auf den warmen Leitungen schlafen. Doch dann wurde das Haus, ohne das ich es recht merkte, immer wärmer und wärmer. Ich glaubte, der Heizofen im Keller sei länger wach geblieben und hätte schwerer geatmet. Doch eines Tages war das ganze Haus so warm, daß die Fenster weit geöffnet wurden, und als ich auf die Stimme des Heizkessels hörte, war er ruhig.
Auf einmal schien mir mein warmer Pelzmantel viel zu schwer, und ich war froh, als der Hund mich mit seiner großen Zunge leckte und mir ein wenig kühler wurde.
»Was ist das?« fragte ich den Hund. »Warum wird uns unter unserem Fell so warm?« Der Hund sah mich an und meinte träge: »Das ist der Frühling. Im Sommer wird es noch schlimmer.«
Er sagte zu mir, ich solle nur mal ans Fenster gehen. Dort würde ich kleine Blumen sehen, die um den Baum herum wuchsen, und auf den Bäumen könnte ich viele Vögel sehen, die alle noch nicht da gewesen

waren, als ich zuerst in das Haus gekommen sei. Ich ging zum Fenster und sah hinaus. Da waren die Blumen mit ihrem süßen Duft und die Vögel, die Lieder sangen, wie ich noch nie zuvor welche gehört hatte.

»Siehst du?« fragte mich der Hund. »Es ist Frühling. Manchmal ist es sehr heiß im Frühling.« Und er legte sich auf die Seite und japste.

»Sag ihnen, sie sollen die Heizung abstellen«, bat ich. »Belle so laut du kannst.«

»Die haben nichts damit zu tun«, meinte der Hund. »Die Zeit vergeht, und die Wärme, die ein goldener Hund ist, greift die Kälte an, einen weißen Hund, und der goldene Hund packt ihn bei der Gurgel, und der weiße Hund rennt davon, bis seine Kehle wieder geheilt ist. Wenn seine Kehle geheilt ist, wird es wieder kalt.«

»Nein!« rief ich. »Nicht schon wieder diese Hundemärchen! Es ist der Knopf dort an der Wand! Stell dich auf die Hinterbeine und dreh den Knopf, dann wird es wieder kalt!«

Der Hund seufzte und ließ tief aus seinem Hals ein Knurren hören, das bedeuten sollte, wenn ich erst einmal eine Idee im Kopf hatte, dann ließ ich nicht mehr locker.

Ich sagte, daß ich mir das nicht gefallen lassen würde. Das Haus glich einem Topf auf dem Ofen, wir würden alle gekocht. Ich würde mich beschweren, wollte nicht mehr essen, wenn sie Futter vor mich hinstellten, wollte nicht mehr auf dem Bett schlafen, mich nicht mehr streicheln lassen, würde mein Halsband herunterreißen und schreien, wenn man mich bürstete. Ich würde zurück unter das Bücherregal gehen und nicht mehr hervorkommen, egal wie oft sie nach mir riefen.

»Nur zu«, sagte der Hund. »Du wirst ein magerer und überhitzter Kater sein. Und außerdem«, meinte er, »glaube ich kaum, daß du noch unter das Bücherregal paßt. Du wirst nämlich langsam fett. Wenn du auf mir herumkletterst, denke ich, dieser Kater ist so schwer, der muß aus Stein sein.«

»Aber der Knopf!« schrie ich. »Dort oben an der Wand!«

»Um den Knopf im Himmel mußt du dich sorgen. Jetzt sind Ferien. Die mag ich eigentlich, aber ...«

»Aber was?« verlangte ich zu wissen. Wenn etwas Schlimmes im Anzug war, so wollte ich wissen, was es war.

»Och«, sagte der Hund und kratzte sich die Schnauze mit seiner Pfote, »nichts. Gar nichts.«

»Es könnte ja auch kaum schlimmer kommen als jetzt«, sagte ich düster.

»Absolut nicht, nein, sicherlich nicht«, ergänzte der Hund wenig überzeugend. »Aber das erste Mal ist ein Schock. Wärest du im Sommer zur Welt gekommen, stell dir vor, wie ärgerlich du gewesen wärest, wenn es plötzlich angefangen hätte zu schneien.«

»Es muß schneien! Die Menschen müssen frieren und sich mit Decken zudecken! Wir müssen unter die Dekken kriechen und bei ihnen schlafen!«

»Nun, vorübergehend ist es erst einmal aus damit«, sagte der Hund, während er sich faul in der Sonne räkelte.

Ich fand bald heraus, wie ich mir Kühlung verschaffen konnte. Ich konnte beispielsweise in die Badewanne springen und mich an ihren kühlen weißen Boden schmiegen. Oder ich konnte mich unter den Wasserhahn setzen und mir das Wasser auf Kopf und Schultern tropfen lassen oder mich in den wundervoll kühlen Keller verkriechen, der in bestimmten Winkeln regelrecht kalt war, obwohl er doch im Winter so mollig gewesen war. Nach einiger Zeit fand ich den Frühling und den Sommer doch nicht so übel, denn eigentlich war es wunderschön, still dazuliegen, sich die Knochen aufzuheizen und zu träumen, man sei wieder unter einem Haufen junger Katzenkinder und würde von der warmen Zunge der Mutter geleckt wie von den Sonnenstrahlen.

Und so teilte ich dem Hund meine neue Erkenntnis mit, daß Frühling und Sommer eigentlich doch ganz nett und keine so schlechte Erfindung seien (ich war noch nicht bereit zu sagen, sie seien eine *gute Idee*) und daß es so etwas wie unterschiedliche Jahreszeiten mit verschiedenen Gerüchen gebe. Jetzt, zum Beispiel, war es schön, am Küchenfenster zu sitzen und den

Vögeln zuzusehen, wie sie sich um einen Platz auf den Sprossen des Futterhäuschens stritten. Es gefiel mir, wenn mir ein kühler Luftzug durchs Fell fuhr, als ob er das frische, leuchtendgrüne Gras der Wiese durchkämmte. Es war interessant, alles mögliche umherschweben zu sehen, herrlich grün-gelbe Dingerchen, die aussahen wie grüner Schnee und genau wie Schneeflocken im Winter langsam durch die Luft trudelten. Dann überfiel mich wieder dieses Selbstmitleid, das ich in jener Zeit öfters verspürte, weil ich nicht hinauslaufen konnte, um diese grünen, spiralförmigen Dingerchen zu erkunden.

»Wenn das alles ist, was dir fehlt«, sagte der Hund. »Das kann ich für dich regeln, wenn ich rausgehe. Ich wälze mich einfach im Gras, dann bleiben die grünen Dinger in meinem Fell hängen, und du kannst sie dann, wenn ich wieder ins Haus komme, mit deiner Zunge herausfischen.«

Er sagte das so beiläufig und ging derart selbstverständlich davon aus, daß man ihn hinaus in die weite Welt lassen würde und mich nicht, daß ich ganz ärgerlich wurde. »Aber wenn du raus darfst, warum kann ich dann nicht mit dir kommen?« fragte ich ihn. Er sei groß, wie ich ja vielleicht bemerkt hätte, meinte er. Im Zaun gebe es kein einziges Loch, durch das er sich hindurchzwängen könnte, also müsse er im Garten bleiben. Ein Kater könnte dagegen mit Leichtigkeit auf den Zaun klettern und auf die andere Seite springen. Außerdem seien da zahllose Schlupflöcher im Zaun, durch die ich meinen biegsamen und wendigen Körper hindurchzwängen könnte, viele Bäume, deren Zweige aufs Nachbargrundstück hingen, an denen ich hochklettern könnte und mich dann nur in den angrenzenden Gärten in das unbekannte Gras fallen zu lassen bräuchte. »Außerdem, du benötigst ja auch nur einen kleinen Käfig, während ich mehr Platz beanspruche«, meinte er. »Die wissen natürlich, daß ich selbst auf mich aufpassen kann, wenn es darauf ankommt.«

»Ich habe scharfe Krallen!« sagte ich, und als ob er meine Einwände alle auf einmal beantworten wollte, all meine stolze Prahlerei, mit der ich gerade loslegen wollte, wie er aus Erfahrung wußte, stellte der Hund sich über mich, so daß sein Bauch wie die Decke eines engen Zimmers über mir schwebte, und senkte sich langsam auf mich herab, bis ich mich nicht mehr rühren konnte. »Ich bräuchte nur zwei Sekunden, um dein Genick zu brechen«, sagte er, »und in zwei Minuten hätte ich dich durchgekaut. Ein kleinerer Hund würde das fast ebenso schnell erledigen.«

»Aber wenn ich mich vorsehe und mich nicht blicken lasse! Wenn ich auf einen Baum klettere, sobald ein Hund aufkreuzt!«

»Unsere Menschen würden es niemals darauf ankommen lassen«, sagte der Hund, und ich fragte ihn, ob er das nicht auch für unfair halte. Ob er nicht auch der

Meinung sei, sie sollten mir erlauben, mit ihm zusammen hinauszugehen? Er schüttelte traurig seinen Kopf und sagte: »Ich habe selbst Katzen getötet – bevor ich es besser wußte. Es war überhaupt nicht schwer. Nein, auch wenn ich zu entscheiden hätte, würde ich dich nicht hinauslassen.«

»Du würdest mich eingesperrt halten?«

»Sicher«, sagte er.

Gerade in dem Augenblick rief Warm nach ihm, öffnete die Hintertür zum Holzschuppen, wobei sie mich streng im Auge behielt, ließ ihn ins Freie und schloß die Tür hinter ihm fest zu. Als er wieder ins Haus kam, war ich sehr verärgert und wechselte kein Wort mit ihm. Er machte es sich auf dem Viktorianischen Sofa gemütlich, das er für sich ausgesucht hatte, und ich sprang auf die Ledercouch, drehte meinen Rücken zum Zimmer und schlief ein.

Doch ich war nie imstande, lange ärgerlich zu bleiben, und als ich aufwachte und den Hund vor meiner Couch stehen sah, mit lauter grünen Dingern im Fell, da verzieh ich ihm augenblicklich, daß er mehr Glück im Leben hatte als ich.

»Ich kann dir noch mehr davon bringen«, sagte er, »wenn ich das nächstemal rausgehe.«

»Das sind überhaupt keine Tierchen«, sagte ich enttäuscht. »Das sind nur irgendwelche Teilchen von den Bäumen.«

»Natürlich sind das Teile von den Bäumen«, sagte der

Hund. »Möchtest du einen Käfer? Ich kann dir einen in meinem Maul mitbringen.«

Ich wollte keinen Käfer, sondern ein Eichhörnchen, und fragte ihn, ob er mir das nächstemal eins mitbringen könne, wenn er wieder rausginge. Doch darauf antwortete der Hund mit trauriger Miene und meinte, er habe in all den zehn Jahren seines Lebens Eichhörnchen gejagt, und noch nie sei er nah genug an eines herangekommen, um es mit seinen Zähnen zu schnappen.

»Du weißt nur nicht, wie man jagt«, sagte ich. Ich hatte ihm oft genug durch das Fenster zugesehen. »Du stürmst auf alles zu, in dem Augenblick, in dem du es entdeckst. Aber ein Eichhörnchen ist schneller und kann durch die kleinsten Öffnungen flitzen und auf Bäume springen und über Garagendächer verschwinden, bevor du auch nur zwei Sätze getan hast. Ich werde dir beibringen, wie man jagt«, sagte ich und legte mich auf den Teppich, machte mich ganz flach und sagte: »So mußt du dich niederkauern. Dann mußt du warten, bis das Tier etwas findet, das es fressen will, und nicht mehr auf dich achtet. Wenn es dann kaut und zufrieden ist, mußt du ganz langsam auf deinem Bauch nach vorne schleichen und dann, im letzten Augenblick, mußt du dich draufstürzen. Glaub mir, das klappt. Ich habe meiner Mutter dabei zugesehen.«

»Dein Schwanz zuckt«, sagte der Hund. »Das Eichhörnchen würde sehen, wie dein Schwanz zuckt.«

»Wenn ich draußen wäre und auf ein Eichhörnchen warten würde, würde mein Schwanz nicht zucken«, sagte ich.

»Dein Schwanz zuckt immer«, sagte der Hund. »Daran erkenne ich immer, wenn du dich auf mich stürzen willst.«

»Mein Schwanz zuckt nicht immer!«

»Doch.«

»Und das Eichhörnchen würde meinen Schwanz nicht sehen! Meine Nase wäre ja auf das Eichhörnchen gerichtet.«

»Ein Eichhörnchen auf dem Baum würde deinen Schwanz zucken sehen und das Eichhörnchen, das du gerade jagst, warnen!«

»Ich würde mich hinter den Blättern verstecken!« sagte ich.

Wir fingen an zu streiten, und ich verlor die Geduld und versuchte, dem Hund eins über die Nase zu wischen, und er versuchte, mich beim Schwanz zu packen. Dann jagte er mich durchs Haus, und als er fertig war, jagte ich ihn, bis wir beide nicht mehr konnten.

»Es ist warm und schön«, sagte ich, als wir vor dem Wohnzimmerfenster in einem leuchtendgelben Lichtflecken lagen. »Sommer und Frühling sind gar nicht übel.«

»Hmmmph«, sagte der Hund nur, und mir schien, als schaute er sehr sorgenvoll drein.

Eines Tages kam Pest die Treppe herunter und brachte zwei seltsame graue Kisten mit. Sie wollen mich wieder einsperren, dachte ich. Ich sah zu dem Hund hinüber, denn wenn der vor Aufregung zu springen und zu jaulen begann, dann würde ich die Gelegenheit nutzen, mich im Keller zu verstecken. Das letzte Mal, als sie mich in den Käfig sperren wollten, wurde ich geschnappt, weil Warm das Loch in der Kellertür verschlossen hatte. Als sie gerade einen Topf vom Herd genommen hatte, war ich, gescheit wie ich bin, an ihr vorbei in den Keller hinuntergeflitzt, um mich zu verstecken. Doch zu meinem Entsetzen hatte Warm das Schlupfloch mit einem Brett versperrt, das sie mit zwei schweren Ziegelsteinen gegen die Tür gestellt hatte. Es ist gar nicht so einfach, diese menschlichen Wesen auszutricksen, dachte ich, die sind gerissen. Dann muß ich eben noch gerissener sein als sie.
Doch diesmal sprang der Hund nicht aufgeregt herum, als er die grauen Kisten sah. Diesmal sprang er nicht auf das Sofa und stellte sich nicht wie sonst mit den Vorderpfoten auf die Armlehne, um zum Fenster hinaus auf den Zufahrtsweg zu schauen. Er sah zu den grauen Kisten und begann zu winseln, dann legte er sich auf den Teppich und fuhr fort zu wimmern, mit seinen Pfoten auf der Nase.
Wollen sie diesmal auch *ihn* einsperren?
Sie hatten ihn doch nie eingesperrt.

Als ich ihn fragte, wozu diese grauen Kisten gut seien, winselte er nur noch lauter und schien zu vermeiden, überhaupt noch in ihre Richtung zu schauen.
Dann kam Warm herbei und legte eine der Kisten auf die Seite und öffnete sie. Ich lief die Treppe hinauf und sah dem Geschehen aus sicherer Entfernung zu. Dieses Ungetüm gefiel mir gar nicht, es hatte nicht einmal ein Gitter an der Seite.
Die Kiste war voll mit Warms Kleidungsstücken! Und *wie* voll sie war, ich konnte mir nicht vorstellen, wie ich da noch hineinpassen sollte. Doch wie dem auch sei, ich bin schon so oft eingesperrt worden, ich wollte es lieber nicht darauf ankommen lassen.
Schließlich hörte ich, wie Warm hinunter in den Keller stieg. Ich kroch die Treppe wieder hinab und sah mir die graue Kiste aus der Nähe an. Darin lagen Warms Pullover und Röcke, ihre Haarbürste, mit der sie auch mich manchmal bürstete, und ihr funkelndes Fläschchen mit Sommerdüften.
Ich stieg vorsichtig in die Kiste hinein. Mich könnte man da auch noch reinkriegen, dachte ich, aber im Deckel waren gar keine Löcher, wie sollte ich Luft bekommen? Doch die Kiste war dermaßen groß, vielleicht wollten sie am Ende noch den Hund dort hineinpacken, dachte ich.
Es war schlimmer, als ich gedacht hatte, schlimmer, als ich mir hätte vorstellen können, denn bald trugen Warm und Pest die Kisten hinaus in die Flurhalle und

von dort in ein fremdes Auto, in dem ein fremder Mann am Steuer saß, den ich noch nie gesehen hatte. Dann fuhr das Auto mit ihnen davon. Der Tag ging zu Ende, und es wurde allmählich dunkel. Dann wurde es Nacht, und die beiden waren noch immer nicht nach Hause zurückgekommen.

Statt dessen kamen drei junge Männer in das Haus und begannen miteinander zu schwatzen. Einer zeigte lachend auf mich und sagte, ich sei zu fett, und ein anderer zeigte auf den Hund und meinte, er sollte öfter spazieren geführt werden. Als es dann Zeit für unser Futter wurde, machten sie uns nicht unser duftendes leckeres Fleisch warm, wie wir es gewohnt waren, sondern setzten uns einen Napf vor, gefüllt mit Zeug, das aussah, als sei es aus dem Garten, weiße Brocken, die aussahen wie Käse, aber kein Käse waren. Ich weigerte mich, das Zeug zu fressen, was auch immer es sei. Ich wollte warten, bis Warm und Pest zurückkämen und mich mit dem fütterten, was ich gewohnt war.

Der Hund jedoch ging zu seinem Napf herüber, fraß ihn leer und legte sich anschließend wieder traurig vor die Tür.

Wo ist Warm geblieben? Wo war Pest? Und was taten diese drei Leute in unserem Haus? Ich sollte sie verjagen! Der Hund sollte einen von ihnen anspringen und ihn zu Boden reißen, er sollte knurren und ihm ins Kinn beißen, bis sie alle davonliefen! Doch als ich dem

Hund das sagte, sah er mich nur traurig an, ging zu meinem Napf hinüber und sah mich fragend an, so als wollte er sagen, willst du das nicht fressen? Als ich mit dem Schwanz zuckte und meine Augen zusammenkniff, was bedeutete, daß ich das widerwärtige Zeug nicht einmal mit der Zungenspitze probieren wollte, da seufzte der Hund und wischte mit einer einzigen Bewegung seiner Zunge meinen Napf leer.

Ich will auf Warm warten, sagte ich mir noch einmal. Bisher ist sie noch immer zurückgekommen. Manchmal gehen sie und Pest aus und kommen erst sehr spät nachts zurück. Sie werden später kommen. Wenn sie heimkommen, werden sie diese Leute sehen, die dumm genug sind, sich einzubilden, sie könnten in unserem Haus wohnen. Unser Haus! Unser Nest! Wenn sie weiß, daß die hier sind, wird sie die Leute schon hinauswerfen. Ich setzte mich auf ein Fensterbrett, starrte hinaus und hielt nach Warm Ausschau. Doch es kam niemand an die Tür, kein Schlüssel knirschte im Schloß, keine vertrauten Schritte weckten mich aus meinen Träumen, als ich schließlich einschlief.

Sie wird bald zurückkommen, sagte ich zu mir selbst und lauschte auf ein Geräusch von ihr, doch es war nur ein Vogel zu hören, der einem anderen zurief, nur der Wind raschelte in den dicken grünen Blättern, ein Auto fuhr vorbei, und weit fort bellte ein Hund mit schriller Stimme, so als fürchtete er sich.

Als ich meine Augen erneut aufschlug, war es wieder

hell, und mein leerer Magen knurrte. Einer der Männer kam herunter und stellte wieder einen Teller mit Gartenzeugs und diesen weißen Brocken vor mich hin, doch ich weigerte mich erneut zu fressen. Warm würde ja jeden Augenblick zurückkommen!

Aber sie kam nicht zurück.

Der Hund lag bewegungslos auf dem Küchenboden. Er beobachtete mich, als ich vom Tisch heruntersprang, um aus dem Fenster zu sehen.

»Wo sind sie nur?« fragte ich ihn.

»Sie werden nicht zurückkommen«, sagte er.

Nicht zurückkommen? Niemals? Sind sie hinaus zum Jagen gegangen und kommen nie mehr wieder, so wie meine Mutter?

»Das ist jeden Sommer dasselbe, immer wenn es heiß wird«, sagte der Hund. »Du mußt essen, sonst gibt es dich nicht mehr, wenn sie schließlich doch wiederkommen.«

»Wann kommen sie denn zurück?« fragte ich. »Wo sind sie hin?«

»Ich weiß nicht, wo sie hingegangen sind«, sagte der Hund. »Wenn sie zurückkommen, dann ist ihre Kleidung voller seltsamer Gerüche, die nirgendwo auf meine Gerüche-Landkarte passen. Es ist mir ein Rätsel, wo sie hingehen. Sie kommen zurück, sobald es kühler geworden ist.«

»Und wer sind diese drei neuen Leute?« wollte ich wissen.

»Die wohnen hier solange. Sie füttern uns und führen mich spazieren«, sagte der Hund.
»Aber ich will sie nicht hier haben!«
Der Hund sah mich traurig an. »Und wie willst du die Konservendosen aufmachen? Ohne sie hätten wir kein Büchsenfleisch und müßten verhungern.«
»Ich würde Mäuse jagen!« rief ich. »Wir könnten Wasser aus der Klosettschüssel trinken! Greif sie an! Schlag sie in die Flucht!«
»Das bringt doch nichts«, meinte der Hund. »Iß, wenn sie dich füttern.« Er legte den Kopf auf seine Pfoten und schloß die Augen. Ich sprang vom Fensterbrett herab und schlug nach seinem Schwanz. Vielleicht übertrieb er ja. Woher wollte er denn wissen, wann Warm zurückkäme? Ich schlug erneut nach seinem Schwanz. Wir könnten uns ja genausogut ein wenig durchs Haus jagen. Doch der Hund seufzte nur schwer und blieb liegen.
Ein Tag nach dem anderen verging, und noch immer waren Pest und Warm nicht wiedergekommen. Nach und nach begann ich, das Grünzeugs zu fressen. Aber die drei Männer konnte ich nicht leiden. Sie hatten damit begonnen, auf der Veranda irgend etwas zu sägen. Ihre Sägen machten kreischende Geräusche. Wenn sie dann zurück ins Haus kamen und mich streichelten, tat mir mein ganzer Rücken weh, weil ihre Hände so schwer waren. Der Hund war ruhig und düster geworden und weigerte sich, mich zu jagen. Es war für mich, als ginge die Welt unter.

Eines Tages lief ich hinunter in den Keller, kletterte auf ein Heizungsrohr und legte mich schlafen. Dort blieb ich, bis ich das Scheppern meines Blechnapfes auf dem Küchenboden hörte. Ich lief hoch, fraß und ging gleich wieder zurück. Mein Fell wurde allmählich stumpf und verklebt, weil mich niemand mehr bürstete, und meine Pfoten wurden schmutzig, weil es zu lästig war, sie zu putzen.
Ich verlor jegliches Zeitgefühl. Ich schlief auf den Heizungsrohren und träumte und vergaß den Hund. Ich dachte überhaupt nicht mehr an ihn, bis zur Fressenszeit, dann fand ich ihn oben in der Küche, wie er traurig neben meinem Napf sein Fressen zu sich nahm. Bevor ich dann wieder in den Keller lief, ging ich zum Fenster und horchte hinaus nach Warm und Pest, doch sie kamen und kamen nicht zurück. Ich fraß und fraß und schlief und schlief und wurde immer fetter, bis ich kaum noch vom Boden auf den Stuhl springen konnte und vom Stuhl auf das Fensterbrett. Mein lila Halsband wurde immer enger, aber niemand war da, der es hätte lockern können.
Sie sind für alle Zeiten fortgegangen, dachte ich. Aber was hatte ich denn verbrochen?
Als ich in der Nacht auf den Heizungsrohren schlief, sah ich im Traum wieder die steinernen Kater. Die sagten zu mir, daß sie nicht schon immer versteinerte Kater gewesen seien, sondern zur Strafe in Stein verwandelt worden wären.

»Werde ich denn auch in Stein verwandelt?« fragte ich sie. Doch sie antworten, das wüßten sie nicht, da sie nicht wüßten, was ich angestellt hätte, und ich antwortete ihnen, daß ich das selbst nicht wüßte.

»Hast du versäumt, deine Königin zu beschützen?« fragte mich einer der steinernen Kater.

Ich antwortete, daß ich keine Königin hätte, nur eine Frau und einen Mann, die Warm und Pest hießen, sie seien in einem fremden Auto davongefahren und hätten zwei graue Kisten mit sich genommen. Jetzt bekäme ich schreckliches Futter vorgesetzt, und niemand streichelte mich mehr richtig, niemand sagte mehr zu mir: *Ach, du guter Kater, du hübscher Kater, du bist mein liebster Kater.* Niemand sänge mehr mein besonderes Lied für mich, wenn ich abends ins Bett ginge. Und ins Bett käme ich schon gar nicht mehr, weil da ein Fremder drinläge, der weder Warm noch Pest sei, der lache immer nur, weil ich so fett geworden sei und soviel Lärm mache, wenn ich vom Stuhl springe. Deswegen schliefe ich jetzt im Keller auf den staubigen Rohren und wartete immerzu, obwohl ich schon gar nicht mehr wisse, worauf ich eigentlich warte.

»Du wartest, ohne zu wissen, worauf«, sagte der steinerne Kater mit einem Seufzen. »Das tun wir schon seit Jahrhunderten.«

»Wer wart ihr, bevor ihr zu Stein verwandelt worden seid?« fragte ich.

Der größte der steinernen Kater antwortete: »Das ist

eine lange Geschichte, aber ich will sie dir erzählen. Wir waren einmal stattliche, schöne Kater, so wie du. Und weil wir so schön waren, verehrten uns alle. Man gab uns den besten Fisch zu fressen, stattete für uns Paläste mit weichen Kissen aus, auf denen wir schlafen durften, Hunde wurden verprügelt, wenn sie es wagten, uns zu scheuchen, wir wurden gebürstet und gekämmt und sogar in warmem Wasser gebadet.
Es wurden Mäuse für uns gefangen, die man uns vor unsere Ruhekissen legte, ihre Herzen schlugen noch, und wir fraßen sie. Die Königin trug einen Kopfschmuck aus Federn, und neben ihrem Sitz, den sie Thron nannte, hatte sie eine besondere Feder, die sie neckisch über den Boden laufen oder in die Höhe springen lassen konnte. Wir durften diese Feder nach Herzenslust jagen und mit ihr spielen, und zwar sowohl im Palast der Königin als auch auf ihrem Schiff.
Auf diesem Schiff arbeiteten Fischer, die frischen Fisch für uns fingen, und wir waren immer froh, wenn wir an Bord durften. Wir hatten nur eine einzige Aufgabe, und die war folgende: Wann immer sich jemand der Königin mit bösen Absichten näherte, mußten wir sie mit lautem Fauchen warnen. Wenn wir sie nicht rechtzeitig warnen konnten und der Übeltäter zu nahe an sie herankam, mußten wir uns auf seine Füße stürzen und uns in seinen Beinen festkrallen, oder wir mußten auf die Armlehne ihres hohen Thrones klettern und ihm ins Gesicht springen und seine Augen auskratzen.

Das machte uns nichts aus. Wir konnten das gut, denn wie du ja weißt, sind wir Kater geborene Kämpfer, und es liegt in unserer Natur, die, die wir lieben, zu beschützen.
Mehr als einer verlor sein Leben dabei. Oh, ja, meine eigene Mutter und mein Vater kamen ums Leben, als sie die Königin beschützten. Mein Vater starb, nachdem er über den Vater der Königin hergefallen war. Der hatte nur mit seiner Tochter spielen wollen, doch mein Vater glaubte, der alte König wolle ihr etwas zuleide tun. Deshalb tat er seine Pflicht und wurde dafür zum Tode verurteilt. Aber meine Mutter starb auf noch grausamere Weise. Wie sie starb, war jedoch nicht ungewöhnlich.
Einmal brachte der Koch einen Teller wundervoll gewürzter Speisen, und die Königin wollte gerade zu essen beginnen, als meine Mutter den unverkennbaren Geruch von Gift wahrnahm. Da sprang sie auf den Schoß der Königin und stieß den Teller auf den Boden. Die Königin konnte nicht verstehen, warum meine Mutter das getan hatte und schimpfte mit ihr! Also sprang meine Mutter hinab, fraß ein paar Bissen von dem Essen und kletterte zurück auf den Schoß der Königin. Doch nur ein paar Minuten später begannen ihre Schnurrhaare schlapp nach unten zu hängen, sie krümmte sich und bekam Schaum vor dem Maul und fing kurz darauf am ganzen Körper an zu zucken, bis sie bewegungslos dalag und nie wieder aufstand.

Jetzt verstand die Königin, daß ihre Speise vergiftet war, und sie schickte nach den Steinmetzen, damit diese für meine Mutter eine Statue aus schwarzem Stein meißelten, und die ließ sie in ihrem Garten neben all den anderen Statuen aufstellen.

Doch es kam eine Zeit, da waren wir nicht mehr so wachsam. Vielleicht waren wir zu verspielt geworden, hatten uns zu sehr daran gewöhnt, daß alle Welt uns wie Götter verehrte. Letztlich sind wir doch sehr bequeme Tiere. Aber die Menschen hatten behauptet, wir seien Götter, also haben wir ihnen geglaubt. Mit Komplimenten kann man jede Katze und jeden Kater überzeugen! Doch auch wenn wir mit der Zeit etwas nachlässiger wurden, wir verjagten immer noch jeden, der unserer Königin Übles wollte. Wir kosteten nach wie vor die Speisen unserer Königin, wenn uns der Geruch sonderbar erschien. Aber wer hätte vorhersehen können, daß die Königin selbst ihr ärgster Feind würde? Und selbst wenn wir es vorhergesehen hätten, was hätten wir tun können?

Als wir zu Beschützern der Königin ernannt wurden, hatte uns niemand erzählt, daß die Königin eines Tages selbst ihr gefährlichster Feind würde. Wir wußten nicht, daß die Menschen sich selbst Gift verabreichen konnten. Doch genau das geschah.

Eines Tages, nachdem die Königin immer trauriger geworden war, kam sie mit einem verschlagenen Blick in den Thronsaal. Wir alle nahmen diesen Blick an ihr

wahr, doch wußten wir nicht, was er zu bedeuten hatte. Wir sahen, wie sie einen Korb mit sich brachte, den sie zu ihren Füßen stellte. Aber wir dachten uns nichts dabei. Die Königin hatte öfter einen Korb bei sich, in dem sie ihren glitzernden Schmuck aufbewahrte oder eine kleine hölzerne Flöte, die sie an den Mund nahm und mit den Fingern berührte, bis die schönsten Lieder daraus hervorkamen.
Als die Königin jedoch diesmal in ihren Korb griff, konnten wir nicht sehen, was sie daraus hervorzog. Wir sahen nur, wie sie ihre Hände hohl machte und an ihre Kehle führte, doch auch jetzt dachten wir uns nichts dabei. Aber diesmal hatte sie eine kleine, grüne und überaus giftige Schlange in den Händen. Als die Schlange sie biß, lächelte die Königin uns an, wurde steif und bewegte sich nicht mehr.
Es brach uns das Herz, denn so wie wir die Beschützer der Königin waren, so war sie unsere Beschützerin gewesen. Man machte uns für ihren Tod verantwortlich! Alle glaubten, daß jemand der Königin die tödliche Schlange gegeben haben mußte. Man unterstellte uns, wir seien nur zu faul oder zu feige gewesen, ihn daran zu hindern. Niemand verstand uns, als wir sagten, daß die Königin selbst die Schlange an ihren Hals gehalten hatte. Es war schon lange her, daß Menschen und Katzen die gleiche Sprache gesprochen haben, doch früher war das einmal so. Noch heute kann ein Mensch miauen wie eine Katze, und wenn ein Neugeborenes

schreit, dann ist das der gleiche Ton, den eine Katze macht, wenn sie schreit.
Alle hielten uns für schuldig. Dann kam der Magier und rief alle Katzen und Kater des Palastes zusammen. Er entrollte ein Pergament und las, was darauf geschrieben stand, und während er las, merkten wir, wie wir schwerer und immer kälter wurden, und es schien uns, als fiele der Boden vor uns in die Tiefe und als sähen wir aus einer beträchtlichen Höhe auf die Welt hinunter.
So wurden wir zu Stein verwandelt. Jetzt können wir uns nur noch rühren, wenn eine lebendige Katze träumt, und nur in den Träumen dieser Katze können wir uns bewegen. Doch unsere Körper sind aus Stein und bleiben dort in dem heißen Land zurück, von dem du zuvor einmal geträumt hast. Sobald du aufhörst zu träumen, müssen wir zurück zu unseren steinernen Körpern und in ihnen bleiben und über den goldenen Sand schauen, bis eine andere Katze zu träumen beginnt und uns so herbeiruft.«
»Kommt ihr denn zu allen Katzen, wenn sie träumen?« wollte ich wissen.
Der steinerne Kater sagte, nein, sie kämen nur zu denen, die Sorgen hätten oder in Gefahr seien, ihr Leben zu verlieren.
»Laufe ich denn Gefahr, mein Leben zu verlieren?« fragte ich, und der Kater meinte, ja, die Gefahr bestehe. Ich müßte von den Heizungsrohren herunterklettern,

herumstöbern und mich um die Mäuse kümmern, die dort im Keller frei herumliefen, während ich schliefe.
»Vor dir waren schon andere Katzen hier«, sagte der versteinerte Kater. »Sicherlich weißt du das. Bestimmt hast du schon ihren Geruch wahrgenommen.«
»Ja«, sagte ich, »das habe ich bemerkt. Was waren das für Katzen?«
»Nun, es gab zum Beispiel eine kleine schwarze Katze, die Emily hieß. Sie war eine hervorragende Beschützerin. Als sie und ihre Jungen einmal in die Klinik gebracht wurden, weil sie ununterbrochen niesten, nahm der Arzt eines ihrer Jungen hoch, und das schrie laut auf. Da stürzte sich Emily vom Tisch und bohrte ihre Krallen in die Brust des Arztes. Der Arzt fragte deinen zugewiesenen Menschen: ›Ist diese Katze immer so bösartig?‹, obwohl Emily in Wahrheit niemals bösartig war.
Weißt du, du hast in diesem Haus einige ganz bemerkenswerte Vorgänger gehabt. Die Katze Emily ist zwanzig Jahre alt geworden, und eines ihrer Jungen hat neunzehn Jahre lang hier gelebt. Selbst als dieser Kater schon neunzehn Jahre alt war, erlaubte sie ihm nicht, allein die Treppe hinaufzulaufen, weil der Hund, der damals hier lebte, Katzen nicht ausstehen konnte und ihm etwas hätte antun können. Als dieser junge Kater alt und mit jedem Tag schwächer geworden war, legte Emily sich auf die oberste Stufe der Kellertreppe mit ihrem Kopf auf seinem Rücken und blieb dort, bis

er sich nicht mehr rührte. Dein Mensch war sehr erstaunt, denn sie glaubte, daß die Katze Emily diejenige gewesen sei, die krank war, denn sie war älter und bewegte sich kaum noch. Sie glaubte, daß das Junge – nun, es war inzwischen ein sehr alter Kater geworden – bei seiner Mutter blieb, um ihr beizustehen. Siehst du, sogar heutzutage sind die Katzen noch Beschützer und haben ihre Pflichten. Auch du hast deine Aufgaben zu erledigen, aber du wirst nicht dazu imstande sein, wenn du so fett bist, daß dir alle vier Pfoten schmerzen, wenn du von einem Stuhl hinunterspringst.«

»Aber Warm ist fort, und Pest ist auch fort«, sagte ich, »und sie werden nie wiederkommen. Wen soll ich denn beschützen? Der einzige, der mir noch geblieben ist, ist dieser riesige Hund dort oben.«

»Ich glaube nicht, daß es deine Aufgabe ist, den Hund zu beschützen«, sagte der versteinerte Kater, und während er noch sprach, begann er zu schimmern, und ich konnte durch ihn hindurch die Kellerwände erkennen. »Aber es wird jemanden geben, den du beschützen mußt. Das ist einfach so. Wir wußten auch nicht, daß wir die Königin vor sich selbst hätten schützen müssen.« Er flackerte und schimmerte, und ich wußte, gleich würde er verschwunden sein, genauso wie ich gewußt hatte, daß er mir schon einmal erschienen war. Wenn ich dann die Augen öffnen und wieder wach sein würde, würde ich seinen Besuch vergessen haben.

»Kommst du einmal wieder?« fragte ich ihn. Doch er meinte, er wüßte es nicht, er käme nur zu guten Katern, die seines Besuches wert seien. Zu mir sei er gekommen, nachdem ich mich auf das Murmeltier gestürzt hätte, das den Hund angegriffen habe, ob ich mich noch daran erinnern könnte.

Ja, das konnte ich.

»Du mußt auf Warm warten, selbst wenn sie nie zurückkommt«, sagte er. »Denn wenn sie zurückkommt und dich nicht findet, wirst du zu Stein verwandelt, wohin auch immer du gegangen bist. Sie ist das menschliche Wesen, dem du zugeteilt worden bist. Dein Hund hat dir dasselbe gesagt, und er hat recht.«

In meinem Herzen nahm ich mir fest vor, auf sie zu warten, selbst wenn ich alle meine neun Leben damit zubringen müßte.

Doch die Tage vergingen, und sie kam nicht wieder.

Es war inzwischen schrecklich heiß geworden, also machte ich mich auf die Suche nach dem kühlsten Fleck im Haus und glaubte endlich gefunden zu haben, was ich suchte. Auf einer viereckigen weißen Maschine, die den ganzen Winter hindurch Lärm gemacht hatte, war es schön kühl. Ich gewöhnte mir an, dort oben zu liegen.

Eines Tages stand die Tür der Maschine offen.

Da drinnen ist es möglicherweise noch kühler, dachte ich und sprang durch die runde Tür ins Innere der Maschine.

»Komm da raus!« sagte mein Hund, der gekommen war, um nach mir zu schauen. »Sofort! Das ist ein gefährliches Gerät! Du kannst darin ertrinken!«
»Es ist schön kühl hier drin«, sagte ich. »Hier drin ist kein Wasser, in dem man ertrinken könnte!«
»Kommst du da wohl raus, du dummer Kater?« verlangte der Hund.
Der Hund bellte und bellte, doch ich ignorierte ihn, bis er sich vor die Maschine legte und wir bald beide einschliefen.
Plötzlich hörte ich ein schreckliches Knurren. Was war das? Ich schüttelte meinen Kopf ein wenig und merkte, daß das Geknurre von meinem Hund kam. Was war passiert?
Als ich zu der Maschine herauslugte, sah ich, wie sich einer der jungen Männer darüberbeugte. Er warf ein paar Handtücher in die Maschine, und dann öffnete sich eine kleine Tür links oben, durch die Seifenpulver auf mich herabrieselte, das mich zum Niesen brachte. Dann schlug er die Tür der Maschine zu, und ich sah, wie er sich wieder nach vorn beugte. Dann hörte ich, wie sich der Programmierknopf oben an der Maschine drehte.
Plötzlich sprang der Hund an dem Mann hoch und ergriff mit den Zähnen seinen Arm. »Hau ab, du Köter!« rief der junge Mann und schüttelte Sam ab.
Als er sich erneut vorbeugte, um den Programmierknopf zu drehen, sprang Sam ein zweites Mal auf ihn zu und packte ihn am Arm. Diesmal schrie der junge

Mann vor Schmerzen auf, woraufhin wenige Augenblicke später ein zweiter Mann die Kellertreppe heruntergerannt kam.

»Der Hund ist verrückt geworden!« schrie der erste. »Er hat mich gebissen! Er läßt mich nicht an die Waschmaschine heran!«

Der andere lief die Treppe hinauf und kam mit einer zusammengerollten Zeitung zurück. Damit schlug er Sam auf den Kopf – aber feste. Dann griff der erste wieder nach dem Programmierknopf der Waschmaschine. Sam sprang erneut auf ihn zu und biß ihn in den Arm. Er zerrte ihn von der Maschine fort und bellte, so laut er konnte. Er stand da und zeigte mit der Nase auf die Maschine, während er eine Pfote angewinkelt hochhielt.

Im Inneren der Maschine begann ich zu schreien. Niemand wird meinem Hund etwas tun!

»Was war das?« fragte der eine junge Mann.

»Ich glaube, das kam aus der Maschine«, sagte der andere.

Ich schrie erneut. Ich schrie, bis mein Hals schmerzte und es mir in den Ohren rauschte.

»Das kommt aus der Maschine«, sagte der eine. »Mach die Tür auf!«

Sie öffneten die Tür, und ich sprang fauchend und zischend heraus, landete auf dem Oberkörper des einen Mannes und krallte mich in seinem Hemd fest. Ich würde ihm beibringen, meinem Hund wehzutun!

»Nimm diesen Kater weg von mir!« schrie der Mann, doch der andere rührte sich nicht.
»Wir hätten ihn fast ersäuft«, sagte er. »Hätten wir die Maschine eingeschaltet, wäre es aus mit ihm gewesen. Deswegen ist der Hund auf dich losgegangen.«
Ich ließ von dem Mann ab, sprang auf den Boden und lief zu meinem Hund hinüber. Die Haare meines Fells standen zu Berge und meine Ohren lagen eng am Kopf.
Die zwei starrten uns beide an.
»Paß auf, daß du die Tür geschlossen hältst«, sagte der eine, und der andere meinte, das werde er.
»Sieh dir den Kater an«, sagte der eine. »Voller Seifenpulver.«
»Der hat Glück, daß er noch am Leben ist«, meinte der andere.
»Mit dem Hund weiß ich nicht so recht«, sagte der eine. »Ich glaube, der ist bösartig. Ich lasse ihn wohl besser ein paar Tage draußen im Garten.«
Die nächsten paar Tage blieb Sam ausgesperrt. Ich kletterte auf das Sofa und sah ihm durchs Fenster zu. Er lag still auf der hinteren Terasse, mit dem Kopf auf den Vorderpfoten, die er übereinandergeschlagen hatte. Er sah kaum zu mir hin.
Als er zurückkam, entschuldigte ich mich wieder und wieder bei ihm. Nie wieder wollte ich in eine Maschine springen, nie wieder ungehorsam sein.
»Das sagst du jetzt«, meinte Sam.

»Ich meine es so«, schrie ich.
»Das solltest du auch«, sagte Sam. »In der Maschine hast du eins deiner neun Leben verloren.«
»Nun«, sagte ich mürrisch, denn ich war es satt, gemaßregelt zu werden., »ich bin schon bestraft genug. Als ich mich nämlich geputzt habe, mußte ich die ganzen Seifenflocken auflecken. Ich hatte anschließend schreckliche Bauchschmerzen.«
»Das geschieht dir recht«, sagte Sam.
»Und außerdem«, sagte ich trotzig, »wäre ich ja doch nicht ertrunken. Ich wäre einfach ganz schnell geschwommen.«
»Du wärest von schweren, nassen Handtüchern nach unten gezogen worden, und du wärest ertrunken«, meinte Sam. »Das weißt du genausogut wie ich.«
Ich leckte meine Pfote und sah unter gesenkten Lidern zu ihm hoch.
»Stimmt's, was ich sage, oder nicht?« fragte mich Sam.
»Ich glaube schon«, sagte ich.
»Ja oder nein?« verlangte Sam hartnäckig zu wissen.
»Ja«, sagte ich.
»Und du willst es nicht wieder tun?«
»Nein«, beteuerte ich. »Ich hab's dir doch gesagt.«
»Gut«, meinte Sam.
»Es tut mir leid, daß sie dich bei der Hitze ausgesperrt haben«, sagte ich.
»Ja, es war heiß und voller Flöhe«, sagte Sam.
»Es war meine Schuld«, sagte ich.

Mein Hund antwortete nicht.
»Warm wird die Flöhe gar nicht mögen, nicht wahr?« fragte ich.
»Bestimmt nicht«, meinte Sam. »Sie wird genausowenig hören wollen, daß ich diesen Mann gebissen habe.«
Sie hatten Sam ziemlich lange ausgesperrt. Während er auf der Terrasse war, blieb ich auf der Couch und sah zu ihm hinaus, um ihm Gesellschaft zu leisten. Das war das mindeste, was ich tun konnte.
Wenn so der Sommer ist, dachte ich, dann mochte ich ihn nicht.
»Du bist ein guter Hund«, sagte ich das eine ums andere Mal zu Sam. »Diese Männer sind schlecht, weil sie dich bestraft haben. Ich bin ein schlechter Kater. Ich hätte nicht in die Maschine springen sollen.«
»Jeder macht Fehler«, sagte Sam. Er leckte mich von Kopf bis Schwanz ab. Ich war feucht, und mir wurde kühl.
»Du bist *mein* Hund«, sagte ich, vor Vergnügen schnurrend.
»Du bist *mein* Kater«, sagte er.

Dann wehte eines Tages eine kühle Brise durchs Fenster herein, und ich seufzte leicht auf, als ich sie spürte, gab einen winzigen Laut der Zufriedenheit von mir, denn den ganzen Tag über war es schrecklich heiß gewesen. Gerade in dem Augenblick läutete die Glocke am Eingang, und einer der Männer öffnete die Tür. Doch wessen Stimme hörte ich? Es war Warm! Ich sprang von der Fensterbank herunter und lief in die große Diele, um sie zu begrüßen, wie ich das immer tat. Doch als sie mich sah, schrie sie bestürzt auf. »Oh, sieh sich nur einer diesen armen Foudini an!« sagte sie und nahm mich hoch in ihre Arme. »Meine Güte, wie dick er geworden ist und wie schmutzig!« Jetzt sprang auch der Hund an ihr hoch, so daß sie sich gegen eine Wand lehnen mußte, um nicht von ihm umgeworfen zu werden. Mit den Vorderpfoten gegen ihre Brust gestützt, leckte er ihr das Gesicht, während sein Schwanz hin- und herschlug und die warme Luft aufwirbelte.

Dann kam Pest in die Tür, und der Hund warf sich auf ihn. Warm trug mich zur Couch und setzte mich auf ihren Schoß, während sie begann, mit ihren Fingern mein Fell zu kämmen und dabei mein Foudinilied für mich sang. Dabei streifte sie mein Halsband und fragte: »Warum sitzt dieses Halsband so eng?« Und sie lockerte es, während sie sang: »Foudini, mein Kater mit dem seidenen Fell, du machst mir die traurigsten Stunden hell. Du bist mir so lieb und herzenswichtig, versteht mich, ihr guten Leute, nur richtig. Er ist mein Bester, mein Kater Foudini, nehmt ihn nie fort, meinen liebsten Dini.« Und ich wußte, daß die Welt wieder in Ordnung war. Das war sie auch, denn Pest hatte offensichtlich die drei jungen Männer fortgeschickt, und ich

dachte, gut so, jetzt brauchen wir sie nie wieder zu sehen. Nun müssen wir nie wieder dieses schreckliche Gequietsche hören, das sie veranstalteten, als sie draußen auf der Terrasse weiß der Himmel was auseinandergesägt haben. Ich wollte Warm und jeden in diesem Haus beschützen, solange ich lebte – sogar Pest.
Am nächsten Tag begann ein kühler Wind durch die Fenster zu wehen, und in Null Komma nichts war ich wieder ein sauberer Kater, und genauso schnell erhielt ich meinen Napf mit dampfendem Fleisch zurück. Ich fegte durch die Räume und jagte meinen Hund oder rannte vor ihm davon, wenn er mich jagte, und bald war es wieder Winter, und ich war wieder vollkommen glücklich. Natürlich vergaß ich, was der Hund gesagt hatte, nämlich daß Warm und Pest jedes Jahr das Haus verlassen, sobald das Wetter warm wird. Ich sagte mir, vielleicht wird es ja nie mehr warm, denn schließlich war es doch jetzt wieder ganz kalt. Sieh sich einer nur an, wie der Schnee draußen vor dem Fenster wirbelt.
Ich gab sehr genau acht auf Warm und paßte gut auf sie auf, und immer wenn sie schlecht riechende Tabletten in der Hand hatte und sie gerade einnehmen wollte, dann sprang ich hoch und schlug sie ihr aus der Hand. Sie wurde ganz ärgerlich mit mir und suchte den Fußboden ab, bis sie alle wieder eingesammelt hatte, und schluckte sie trotz meiner Mühen. Doch soweit ich sah, passierte ihr nichts.

»Dies sind gute kleine Dinger«, sagte sie zu mir. Ich wußte, daß sie ärgerlich mit mir war, also tat ich so, als ob ich eine der Pillen über den Küchenfußboden jagte.

»In Ordnung«, meinte sie, »die eine kannst du haben, aber friß sie nicht auf.«

Ich hatte ganz und gar nicht die Absicht, sie aufzufressen.

Der Hund war so glücklich, sie wiederzusehen, daß er ziemlich redselig wurde und mir die Geschichte erzählte, wie er zum erstenmal in das Haus in der Stadt gekommen war. Am Anfang kannte er Warm und Pest nicht, und er vermißte seine Mutter und die anderen jungen Hunde, die alle aneinander herumknabberten. Er ist nie ausgeschimpft worden, doch so oft sie ihm auch zuredeten, nie kletterte er ins Bett zu Warm und Pest hinauf. Er ist dann sehr schnell ziemlich gewachsen, so daß er, wenn er sich auf die Hinterbeine stellte, seine Vorderpfoten auf Warms Schultern legen konnte.

»Sie sind damals in das Haus gekommen, in dem ich mit meiner Mutter lebte und haben mich unter all den Hundebabies ausgesucht«, sagte er, »weil ich so große Füße hatte. Sie wollten einen Hund, der am Fenster saß und auf die Straße hinaussah und alle verjagte. Junge Hunde mit großen Füßen werden sehr groß, eben wie ich.

Mit der Zeit war ich sehr glücklich bei ihnen. Du mußt

nicht glauben, ich sei unzufrieden gewesen, aber ich weigerte mich, auf das Bett zu klettern. Einmal nämlich lag ich auf dem Bett und hatte geistesabwesend am unteren Stirnbrett herumgenagt, wofür mich Pest mit einer zusammengerollten Zeitung schlug. Ich hielt das Bett danach für einen gefährlichen Ort.

Doch dann brach eines Nachts ein schreckliches Gewitter los, und Blitze zuckten durch das Zimmer, und alles war plötzlich silbern und grau, und ich lag voller Angst auf dem Fußboden und zitterte. Du weißt ja, was ich für eine Angst bekomme, wenn es blitzt und donnert. Bei einem besonders heftigen Donnerknall flüchtete ich mich vor lauter Furcht mit einem Satz oben auf das Bett. Weißt du, was da passierte? Ich war dermaßen groß, daß nicht genügend Platz war im Bett und unsere beiden Menschen aus dem Bett fielen, Warm auf der einen Seite und Pest auf der anderen Seite. Sie stiegen wieder ins Bett hinein und hielten sich an meinem Halsband fest, damit sie nicht wieder hinausfielen. So schliefen sie wieder ein, und auch ich schlief ein. Ich merkte, daß wir so auf einem Haufen schlafen mußten, wie wir es getan hatten, als ich noch sehr jung war. Am Morgen danach waren wir unzertrennlich, eben so, wie du uns jetzt kennst. Ich habe dann gelernt, am Fußende zu schlafen, damit Warm und Pest genügend Platz haben, auch wenn ich im Bett bin. Doch trotzdem, Warm muß mit angezogenen Beinen schlafen, weil ich auf ihrer Seite des

Bettes liege. Pest ist groß und tritt mich immer mit den Füßen.

So bin ich in dieses Haus gekommen und habe gelernt, auf dem Bett zu schlafen.«

»Ich habe auch große Füße«, sagte ich. »Werde ich ein großer Kater?«

»Du bist bereits ein großer Kater«, sagte der Hund. »Und so groß sind deine Füße nun auch nicht. Aber für *dich* sind sie groß genug, und darauf kommt es an.«

»Ich finde, sie sind ganz schön groß«, sagte ich, indem ich meine Pfote hob und sie betrachtete.

»Ich bin mir sicher«, sagte der Hund, »aus einem Haufen junger Katzen hätten sie bestimmt genau dich ausgesucht.«

»Wußtest du, daß es hier im Haus vor uns schon andere Katzen gab?« fragte ich Grace. »Ach, wo sind sie hingegangen?« fragte sie. »Na, in ein anderes Haus«, gab ich zur Antwort. Grace ist eine kleine und sehr junge Katze. Sie will nichts von Katzen hören, die aufgehört haben, sich zu bewegen und nicht mehr aufgeweckt werden können, nicht einmal mit Tellern voll mit dampfendem Fressen.

Und heute, was für eine Aufregung! Während der Nacht hat es zu schneien begonnen, und als es Tag wurde, schwirrten dicke Schneeflocken vor jedem Fenster. Katze Grace hat so etwas noch nie zuvor gesehen. Sie saß auf der Fensterbank und rief den Schneeflocken zu, stellte sich auf ihren Hinterpfötchen gegen die Scheibe und versuchte die Schneeflokken zu fangen, wenn sie gegen das Glas trafen. Ich hatte Verständnis dafür, daß sie die Schneeflocken für kleine weiße Vögel hielt und sie auffressen wollte. Den ganzen Tag lockte sie die Schneeflocken dort draußen und beobachtete mit zuckendem Schwanz, wie sie auf die Scheibe trafen und dann verschwanden und nichts zurückließen als einen Wassertropfen, der am Glas herunterlief. Dann schrie sie vor Enttäuschung und Verwirrung. Sie ist eben noch eine sehr junge Katze.

Habe ich jemals den Schneeflocken zugerufen und sie zu überreden versucht, mir ins Maul zu fliegen? Das kann ich mir kaum vorstellen, aber wenn Grace das jetzt tut, möglicherweise war ich ja selbst auch einmal so töricht.

Als Warm und Pest zurückkehrten mit ihren grauen Kisten, die voll waren von seltsamen Gerüchen, die selbst mein Hund nicht zuordnen konnte, waren wir so außer uns vor Freude, daß wir uns gar nicht mehr beruhigen konnten. In unserem Überschwang begannen wir, uns neuen Schabernack auszudenken.

»Ich möchte diese Hundekuchen«, sagte der Hund und sah betrübt zu der Schachtel oben auf dem Kühlschrank. »Aber ich bin nicht groß genug, um an sie

heranzureichen. Als ich versucht habe, auf einen Stuhl zu steigen, bin ich heruntergefallen.«
»Warm meint, du frißt zu viele davon«, sagte ich.
Der Hund sah voller Verlangen zu seinen Hundekuchen hinauf.
Warm würde es bestimmt nicht mögen, wenn ich die Schachtel herunterstieße. Aber sie war ja gerade nicht da. Sie war hinausgegangen und mit dem Wagen fortgefahren.
Ich war wieder ein schlanker Kater geworden, also sprang ich auf einen Stuhl und von dem Stuhl hinauf auf den Kühlschrank und begann mit meinem Kopf die Schachtel mit Hundekuchen vor mir herzuschieben. Der Hund winselte voller Erwartung. Ich bleib einen Moment lang stehen. Noch ein Schubser, und die Schachtel würde auf den Boden fallen. Der Hund winselte laut. Schließlich war er doch mein Hund. Er wußte schließlich, wann er hungrig war. Warm wußte das nicht immer. Manchmal waren wir sehr hungrig, wenn sie endlich entschied, uns zu füttern. Ich schob die Schachtel noch ein wenig weiter, dann kippte sie auf den Boden.
Der Hund hob eine Vorderpfote, setzte sie auf die Schachtel und riß sie mit seinen großen Zähnen auf. In kürzester Zeit hatte er alle Kekse aufgefressen. Er lag auf dem Fußboden und rülpste zufrieden.
»Oh, du bist sehr böse«, sagte Warm, als sie zurückkam. »Wie bist du an die Schachtel herangekommen?« Sie

sah von der Stelle auf dem Kühlschrank, wo die Schachtel gestanden hatte, auf die zerknautschten, feuchten Überreste auf dem Fußboden. »Du hast ihm doch nicht etwa geholfen?« fragte sie mich. Ich leckte meine Pfote und putzte mir dann den Schwanz. »Natürlich nicht«, sagte sie.

Ich schnurrte vergnügt auf dem Fußboden.

Da hatte ich eine Idee. Morgens war ich immer hungrig, und oft lag Warm dann noch selig schlafend im Bett. Egal, wie laut ich maunzte, sie rührte sich nicht vom Fleck und blieb in ihren warmen Kissen liegen. Da kam ich auf die Idee, auf das Kopfbrett zu klettern und von oben herab in das Bett zu springen.

Am Anfang funktionierte das prächtig. Wenn ich auf diese Weise plötzlich auf ihre Brust plumpste, konnte ich sie ganz gut aufwecken. Sie stand dann auf und ging in die Küche, um meinen leeren Napf zu füllen. Doch inzwischen schläft sie einfach weiter und läßt sich von meinen Sprüngen überhaupt nicht mehr stören. Selbst wenn ich sie mit meinen Krallen an der Wange streichle, zieht sie lediglich die Bettdecke über den Kopf und schläft weiter.

Ich muß drastischere Maßnahmen ergreifen, dachte ich. Aber welche? Das war eine regelrechte Herausforderung. Warm war ebenso entschlossen, weiterzuschlafen, wie ich entschlossen war, sie aufzuwecken, wenn ich mein Fressen wollte.

Ich überlegte, auf die Kommode zu springen und die

Sachen, die sich dort befanden, auf den Boden zu werfen.

Also stieß ich Warms Haarbürste hinunter, doch sie rührte sich immer noch nicht. Selbst als ich ein Buch hinunterschubste, schlief sie weiter. Ich sah schon kommen, daß ich bis spät in den Vormittag hinein hungrig bleiben müßte. Nachts sprang ich auf Warms Bett und miaute, wenn sie daran vorbeiging, um ihr zu sagen, daß es Zeit für sie sei, ins Bett zu kommen. Manchmal hörte sie ja auf mich, aber dann wieder war sie auch oft trotzig und blieb sogar länger auf als Pest und schrieb auf ihrer langweiligen Schreibmaschine herum. Wegen dieser Maschine blieb sie so lange im Bett und weigerte sich, mich zu füttern.

Auf dem Schreibtisch entdeckte ich eine Glasflasche. So ein Ding hatte ich schon einmal umgestoßen, und da war etwas höchst Interessantes geschehen: Die Flasche war auf den Boden gefallen und in tausend Stücke zersprungen. Ich werde jetzt auch eine Flasche umstürzen, dachte ich, damit sie eine Nicht-mehr-Flasche wird, dann wird Warm sich wundern. Langsam schob ich die Flasche an den Rand des Schreibtisches. Aha! Die Frau hob bereits ihren Kopf vom Kissen. Ich schob die Flasche noch ein wenig weiter, da richtete Warm sich im Bett auf. Gerade als ich die Flasche umkippen wollte, sprang sie herbei, griff die Flasche und kam mir über den Treppenabsatz in die Küche nach. Dort öffnete sie eine Dose meines Futters und füllte den Teller.

»Böser Kater«, sagte sie, ging wieder die Treppe hinauf und schloß die Schlafzimmertür hinter sich. Ich horchte an der Tür. Ich konnte das Bett quietschen hören. Ohne mich! Hatte ich mich selbst überlistet? Würde sie mich in Zukunft nachts nicht mehr in das Schlafzimmer lassen?

Doch als es Schlafenszeit war, rief sie mich, klopfte auf den leeren Platz neben sich, ich sprang ins Bett und wartete, daß sie mich zudecken und ihren Arm um mich legen würde.

»Wie wundervoll du schnurren kannst«, sagte sie. »Das wirkt besser als jede Schlaftablette. Du läßt mich schön einschlafen. Guter Kater, lieber Kater.«

Oh, ja, dachte ich, guter Kater, lieber Kater, aber am Morgen eben auch hungriger Kater, doch ich wußte schon, wie ich das Problem in den Griff bekommen würde. Auf ihrer Schubladenkommode hatte sie eine ganze Reihe von Flaschen. Mit der kleinen würde ich anfangen und dann zur nächsten und zur nächsten gehen.

Am folgenden Morgen war ich auf der Kommode und sehr mit mir zufrieden, während ich die kleine Flasche langsam zum Rand bugsierte. Da sprang Warm aus dem Bett und folgte mir zur Tür hinaus. Ich trug meinen Schwanz steil in die Luft gestreckt, und das Wasser floß mir im Maul zusammen, als plötzlich die Tür hinter mir ins Schloß geworfen wurde. Ausgetrickst hatte sie mich!

Ich lief hinunter in die Küche, wo der Hund freundlicherweise eine Tüte Trockenfutter für mich aufriß. Diesmal mußte ich mich wohl damit zufriedengeben. Doch wie sollte ich die Frau nur aus dem Schlafzimmer in die Küche hinunterlocken? Das war der Ärger mit den Menschen, dachte ich – und das denke ich immer noch. Sie lernen einfach zu schnell.

Ich war natürlich noch ein sehr junger Kater, als ich zu solch gemeinen Mitteln griff. Heute bin ich nicht mehr so dumm. Wenn ich sehe, daß Grace Anstalten macht, etwas von der Kommode zu werfen, fauche ich sie an, zieh ihr eins über ihr Hinterteil und scheuche sie hinunter.

Aber man darf es auch nicht übertreiben, darf nicht *zu* artig werden. Die Menschen, selbst Warm, können bisweilen sehr vergeßlich sein, können dein gutes Benehmen allzu leicht für selbstverständlich halten. Menschen wie Warm können beispielsweise in die Küche hinunterschlendern, um dann dort zum Fenser hinauszuschauen – dabei halten sie noch nicht einmal nach irgend etwas Bestimmtem Ausschau, nicht einmal nach einem Eichhörnchen, einem Vogel oder nach einem anderen Kater –, sie schauen an der Wand hoch oder auf ihr funkelndes Armband und schütteln den Kopf; oder sie setzen sich in einen Sessel und blättern in alten Zeitungen. Du stehst unterdessen die ganze Zeit artig in der Küche herum und wartest darauf, daß sie dir endlich eine Konserve mit eingemachten Mäusen öffnen. Irgendwann gehen sie dann tatsächlich an die Schublade und holen einen Löffel hervor, um sich nun endlich deinen Futtervorräten zu widmen, wie du hoffst. Aber dann, im letzten Augenblick, bleiben sie plötzlich wieder unvermittelt stehen und starren mit leerem Blick zum Fenster hinaus, wo es nichts, aber auch gar nichts zu sehen gibt. Selbst wenn du dich an ihre Beine schmiegst oder dich aufrichtest und deine Krallen an ihre Knie setzt, bleiben sie da stehen, den Löffel in der Hand und starren hinaus – als ob sie in Bäume verwandelt worden seien.

Doch ich bin nicht bereit, mich damit einfach abzufinden. Es gibt gewisse Momente, in denen muß man auch einmal selbst die Initiative ergreifen. Deshalb ermuntere ich Grace, sobald sie hungrig wird, so laut zu schreien, wie sie nur kann. Dabei helfe ich ihr nach bestem Vermögen. Meine Stimme ist kräftiger und rauher als ihre, und die Chancen, die Menschen um uns herum auf uns aufmerksam zu machen, stehen entschieden besser, wenn wir beide gemeinsam schreien.

Aber es ist wirklich erstaunlich, was für ein Geschrei wir außerhalb von Warms Schlafzimmer veranstalten können, ohne daß sie uns hört.

»Schrei so laut du kannst«, sagte ich zu Grace und öffnete zugleich mein eigenes Maul und machte ein ganz schreckliches Getöse.

Ich beobachtete Grace, die ihr Maul weit öffnete und

mit aller Kraft schrie, doch alles, was sie ihrer Kehle entlocken konnte, war nur ein kläglich piepsender Ton.

»Was, mehr bringst du nicht zustande?« fragte ich sie entrüstet. »Du kannst doch solch einen Lärm machen, wenn dir jemand auf den Schwanz tritt!«

»Ich schreie genauso, wie ich immer schreie«, sagte Grace entrüstet. Doch sie kann wirklich derart schrill loskreischen, daß jemand, der das Mißgeschick hatte, ihr auf den Schwanz getreten zu sein, entsetzt in die Luft springt, sich panisch auf die Brust klopft und sich halb zu Tode erschreckt.

»Du hast Glück, daß ich immer hungrig und wachsam bin«, sagte ich. »Sonst wärest du schon verhungert. Wenn ich nicht hier wäre, hättest du schon jede Flasche im Haus zerbrochen, und Warm würde dich im Keller einsperren, wo du bis zum nächsten Morgen nichts mehr zu Fressen bekämest. Dann wärest du schon durchsichtig wie das Fenster dort.«

Grace neigte ihren Kopf seitwärts und sah mich durch die Augenwinkel an, während sie ihre Pfote leckte. Sie mag es nicht, wenn man mit ihr schimpft, deswegen war ich nicht erstaunt, als sie ein paar Minuten später, als ich friedlich auf dem Teppich im Wohnzimmer lag, auf mich lossprang, mich am Nakken packte und mit den Krallen ihrer Hinterpfoten auf meinen Kopf zielte.

»Briiiip«, machte ich, was bedeutete *Laß mich sofort*

los. Aber Grace hörte gar nicht hin. Statt dessen sprang sie auf die Couch, stürzte sich erneut auf mich und landete diesmal auf meinem vollen Bauch. *»Briiiip«*, machte ich erneut, was auch soviel bedeutet wie: *Setz dich nicht auf mich drauf, greif mich nicht an, laß mich in Frieden*. Ich drehte mich um, mit meinem Bauch nach oben. Man hätte meinen können, das sei Warnung genug gewesen, doch ohne zu zögern sprang Grace auf meinen Bauch, *hüpfte* geradezu darauf herum und rannte dann durch alle Räume des Hauses, indem sie ihre verschiedensten Jagdschreie von sich gab.

Jetzt werde ich keinen Frieden mehr haben, dachte ich. Und ich hatte recht, denn Grace schlich sich heimlich wieder in das Zimmer, packte mich am Nacken und begann an mir zu zerren, daß ich glaubte, ich würde aus meinem Fell herausgerissen. Natürlich schrie ich laut auf. Da kam Warm ins Zimmer geeilt.

»Ach, ihr beide zankt euch nur wieder«, sagte sie, setzte sich in den Sessel und sah uns zu. Ich schrie wieder halb vor Empörung, halb aus Furcht, denn Grace hatte irgend etwas von mir abgerissen und zerrte es jetzt über meine Ohren.

»Oh, Grace!« sagte Warm. »Du hast sein Halsband abgerissen! Das macht man doch nicht. Du bist keine liebe Katze!«

Jetzt sagte sie etwas, nachdem Klein Grace mich fast erwürgt hatte!

Doch was war das, was dort auf dem Boden lag? Ich stand auf, um es zu untersuchen. Es roch nach mir. Es sah aus wie mein Halsband. Aber wenn es mein Halsband war, etwas, das ich seit meinem ersten Tag in diesem Haus getragen hatte, was hatte es auf dem Fußboden zu suchen? Und wie kam ich mir vor, so ohne Halsband? Als ich meinen Kopf von einer Seite zur anderen wendete, fehlte etwas – das Gefühl des Halsbandes um meinen Nacken. Ich kratzte mich hinter den Ohren. Ich blieb mit den Krallen nicht mehr an dem Halsband hängen. Was sollte jetzt geschehen? Es muß sehr wichtig für eine Katze sein, ein Halsband zu tragen, warum sonst sollte Warm immer darauf bestehen, daß wir eines tragen?

Vielleicht könnte sonst mein Kopf herunterfallen.

»Komm, sieh dir das mal an«, rief Warm. »Grace hat Foudinis Halsband abgerissen, und nun sitzen sie beide da und starren mich an.«

»Sie sind Idioten«, meinte Pest, als er in das Zimmer kam.

»Ich glaube, sie hat das absichtlich getan«, sagte Warm.

Aber sie hatte es nicht mit Absicht getan! Grace hatte versucht, mich zu erwürgen, und das Halsband versehentlich entfernt. Das dachte ich jedenfalls, bis Grace sich später am Abend wie eine Wilde über den Teppich kugelte und dabei mit ihrer zarten Stimme schrie, die immer noch die Stimme eines kleinen Kätzchens war.

Als sie wieder still wurde, war ihr buntkariertes Halsband nicht mehr um ihren Nacken, sondern lag auf dem Boden, genau wie vorher meins.
Wir inspizierten es gemeinsam und fragten uns, was wohl mit uns geschehen würde, jetzt, da wir kein Band mehr um den Hals hatten.
Nichts passierte. Warm hob die Halsbänder auf, und als ich am Abend auf ihrem Schoß saß, band sie mir meins wieder um, und ein paar Tage später tat sie dasselbe an der sich windenden Grace.
»Siehst du?« sagte ich zu Grace. »Wenn sich die Menschen erst einmal etwas in den Kopf gesetzt haben, lassen sie nicht mehr so schnell locker. Vergiß die Halsbänder.«
Grace kniff ihre Augen zu einem Schlitz zusammen, sah mich an und verschwand in die Küche. Ich wußte, sie würde dort an den Blättern von Warms letzter Zimmerpflanze nagen. Ich mußte nicht lange warten, bis ich Warm ärgerlich rufen hörte: »Böse Katze!«
Als ich in die Küche lief, waren in fast jedem Blatt der Pflanze kleine Löcher. Grace hatte sich nicht einmal die Mühe gemacht, an den Blättern zu kauen, die sie abgerissen hatte, deswegen machte ich mich darüber her und fraß sie auf. Wie ich wußte, waren diese grünen Blätter hervorragend dazu geeignet, die Fellkügelchen aus dem Magen zu befördern. Grace reagierte immer ganz panisch, wenn sie mich husten und würgen hörte, wenn ich solch ein Fellkügelchen erbrach. Wenn sie

mich gleich eines hervorwürgen hörte, würde sie schon bereuen, daß sie mich angegriffen und mir das Halsband abgerissen hatte.

Das war natürlich genau, was passierte, und als ich endlich zu Ende gewürgt und gehustet hatte, sah Grace ganz verstört aus. Jetzt wollte sie sich wieder mit mir vertragen. Sie lag vor mir und begann, mich zwischen den Augen zu putzen, doch ich ignorierte sie. Sie tat so, als wollte sie nach meinem Ohr schlagen. Ich streckte meine Pfote aus und drückte sie fest zwischen ihren Ohren gegen die Stirn und hielt sie von mir fern. Ich sah sie nicht einmal an. Schließlich legte sie sich neben mich, seufzte tief und schlief ein.

Ich stand auf und sprang auf die Couch. Wenn diese Katze meinen Ratschlag nicht annehmen will, wenn sie einschnappt und rachsüchtig wird, sobald ich sie kritisiere, dann soll sie doch alleine auf dem Boden schlafen.

Ich schlief auf der Couch ein und schlummerte friedlich, als mich ein entsetzlicher Schrei aus dem Schlaf riß. Es war Warm, die da schrie! Ich sprang von der Couch herunter und rannte die Treppen hinauf in das Schlafzimmer. Warm sah mich, deutete auf das Bett und schrie wieder und wieder.

Ich sprang auf das Bett. Möglicherweise war ja eine Schlange aus dem Garten ins Haus gelangt. Ich würde die Schlange schon töten und Warm beschützen.

Doch da war keine Schlange. Eine blutige Maus lag

dort mit halb abgenagtem Kopf. Die Maus war behutsam auf Warms Kissen gelegt worden. Deswegen also hat Warm geschrien.

Ich nahm die Maus, sprang mit ihr vom Bett herunter und wollte sie hinter einem Schrank oder unter dem Teppich verstecken.

»Wie konntest du die Maus dort hinlegen, du böser Kater!« schimpfte Warm mich an. »Geh fort und nimm die Maus mit!«

Da erschien Grace in der Tür.

»Sieh dir an, was er getan hat!« sagte Warm zu ihr.

Grace schmiegte sich an Warms Beine, so als wollte sie sie beruhigen. Warm beugte sich herab und hob sie vom Boden auf. Ich sollte also wieder für Graces Unfug verantwortlich gemacht werden!

»Du schlechte Katze!« fauchte ich sie an.

»Fauch sie nicht an, du blutmäuliger Kerl!« sagte Warm zu mir, während sie Grace streichelte. »Hinaus aus dem Zimmer!« fuhr sie mich an. »Ich hatte gedacht, du würdest langsam aufhören, so etwas zu tun! Du hast noch *nie* eine Maus auf das Bett gelegt!«

Ich ging mit der toten Maus hinaus.

Wie ungerecht die Welt doch sein kann! Wenn ich dafür verantwortlich gemacht wurde, dann wollte ich auch das Vergnügen haben dürfen, die Maus aufzufressen. Besonders gerne knusperte ich immer den Kopf, doch diese Maus war steif und verdorben. Sie roch bereits unangenehm, deswegen ging ich hinun-

ter und versteckte sie hinter der Anrichte im Speisezimmer.
Später kam Grace auf mich zu und versuchte, mir den Kopf zu lecken.
»Ich will nichts mit dir zu schaffen haben«, sagte ich.
»Dich hat es doch gefreut, daß ich wieder mal für alles die Schuld bekommen habe.«
»Irgend jemand mußte ja die Schuld haben«, sagte Grace.
Ich nahm keine Notiz mehr von ihr. Selbst als sie auf mich draufsprang, rührte ich mich nicht. Doch Grace ertrug es nie lange, zurückgewiesen zu werden, und begann ihre Spielzeugmaus in die Höhe zu werfen, ihr hinterherzujagen und sie zu mir zurückzubringen und direkt unter meiner Nase fallenzulassen.
Natürlich vergab ich ihr.

Nicht lange nachdem Grace uns die Halsbänder abgenommen und die blutverschmierte Maus auf dem großen Bett zur Schau gestellt hatte, entdeckte sie, wie wir alle früher oder später, in der Diele den Spiegel. Normalerweise wäre mir das wohl gar nicht aufgefallen, weil ich nicht die Angewohnheit habe, dieser nervtötenden Kreatur durchs Haus zu folgen, aber weil Grace glaubte, im Spiegel eine fremde Katze zu erblicken, erhob sie sofort ein unglaubliches Geschrei, so daß ich die Treppe hinunterstürzte, um zu sehen, was passiert war.

Grace kroch so nahe an den Spiegel heran, bis ihre Nase fast die Nase der anderen Katze, die sie im Spiegel sah, berührte. Sie streckte eine Pfote aus, um die fremde Katze zu berühren, doch sobald sie gegen das Glas stieß, zog sie sie wieder zurück und starrte erneut in den Spiegel.

»Da ist eine Katze drin«, sagte Grace mit sanfter Stimme, »aber sie riecht nicht und sagt nichts. Was für eine Katze kann das sein?«

»Das ist keine wirkliche Katze«, sagte ich und trat hinter sie. »Es ist eine Geist-Katze. Die leben in den Spiegeln. Immer wenn du dich einem Spiegel näherst, kommt eine von ihnen, um dich anzusehen, und alles, was du machst, tut auch die Geist-Katze. Versuch's mal. Mach irgendwas.«

Grace rollte sich auf den Rücken und sah über die Schulter in den Spiegel. Da sah sie, wie auch die Geist-Katze auf dem Rücken lag und sie über die Schulter ansah.

»Siehst du?« sagte ich.

»Fängt die Geist-Katze auch Geist-Mäuse?« fragte sie mich.

Sie gab nicht leicht auf, diese Katze.

»Wenn du vor dem Spiegel eine Maus fängst, dann fängt auch die Geist-Katze eine«, antwortete ich.

»Und kann ich ihre Maus fressen?«

»Es ist keine richtige Maus«, sagte ich.

»Du meinst wohl, du weißt alles«, sagte Grace und

legte sich vor den Spiegel. »Ich glaube, ich bleibe einfach hier. Was für eine schöne Katze das ist. Ich würde so gern dort reingehen und mit der neuen Katze spielen.«

Ich seufzte und ging fort, um Warm zu finden. Sie saß in einem Sessel im Wohnzimmer und sah sich Geist-Menschen an, die in einem großen, schwarzen Kasten waren. »Komm her zu mir«, sagte sie und klopfte auf ihren Schoß. Immer wenn sich die Geist-Menschen in dem schwarzen Kasten bewegten, setzte sich Warm in den Sessel und sah ihnen eine Weile lang zu. Ich dachte, es lohnt sich bestimmt, zu ihr hinaufzuspringen und es mir auf ihrem Schoß eine Zeitlang gemütlich zu machen. Ich schmiegte mich gern an ihre Brust und neigte dann den Kopf ein wenig, so daß ich ihr in die Augen sehen konnte, während sie mich streichelte und zu mir herabblickte. Wenn wir einander so ansahen, konnte ich in jedem ihrer Augen immer einen winzigen Kater sehen. Mir war allerdings, als seien das keine Geist-Kater, sondern echte, die genauso rochen wie ich. Manchmal versuchte ich, die kleinen Kater mit meiner Pfote zu berühren, doch Warm blinzelte dann immer mit den Augen und wandte den Kopf ab, daher wußte ich, daß sie nicht wollte, daß ich die Kater berührte, vielleicht weil sie so winzig klein waren und ich sie leicht hätte verletzen können.

Ich dachte mir, daß Katzen möglicherweise auf diese

Weise entstanden sind. Menschen haben sie sich ausgedacht, und dann gab es sie eben irgendwie auf der Welt. Wenn dem so war, dann muß es viele Kater geben, die so waren wie ich, denn die beiden in Warms Augen sahen haargenau so aus wie ich. Aber vielleicht sind Katzen ja auch schon vor den Menschen erfunden worden, und die Menschen traten zuerst in *ihren* Augen in Erscheinung und sind dann eines Tages irgendwie herausgekommen, und jetzt gibt es sie eben auf der Welt.
Wer war wohl eher da, die Menschen oder die Katzen? Ich war mir ziemlich sicher, daß die Katzen die ersten gewesen sein mußten, denn sie konnten einfach viel schneller laufen und sich besser vor ihren Feinden in Sicherheit bringen. Sie konnten in ein paar Sekunden auf Bäume klettern und allem, was sie auf dem Boden verfolgte, entkommen. Na klar, Katzen waren die ersten, nur daß die Menschen hinterher schlauer geworden sind und Häuser bauen können und so. Dann konnte ihnen ja nichts mehr passieren, auch wenn sie nicht so schnell laufen und nicht so schnell auf Bäume klettern konnten. Das ist doch logisch, wieso bin ich da nicht gleich drauf gekommen?
Ich hob meine Pfote und versuchte noch einmal, eins von Warms Augen zu berühren, doch sie zwinkerte wieder und drehte ihren Kopf weg. Ich sah ihr in die Augen und beobachtete die kleinen Kater, bis ich einschlief.
Inzwischen hatte Grace einen Schrank geöffnet und

war hineingeklettert. Sie suchte nach unserem speziellen Katzenkonfekt. Sie war eine ganz schön gerissene Katze, diese Grace. Sie bekam fast alles auf. Nur die Käfige, in die sie uns sperrten, wenn es nach Maushausen ging, die bekam sie nicht auf. Aber da sie gern nach Maushausen fuhr, hatte sie es auch gar nicht erst versucht.

Grace kam ins Zimmer und ließ sich auf den Boden plumpsen. »Ist die langweilig, diese Geist-Katze«, meinte sie. »Stundenlang leckt sie sich ihre dummen Pfoten«, sagte sie, während sie sich selbst die Pfote leckte.

Man glaubt leicht, besonders wenn man ein Kater ist, daß alles immer so bleiben wird, wie es gerade um einen her ist.

Ich war natürlich auch davon ausgegangen, daß ich meinen Hund für immer bei mir haben würde. Er würde niemals fortrennen, jedenfalls nicht richtig, auch wenn er manchmal an der Tür lauerte und dann an Warm vorbeischoß und ins Freie entwischte und sogar zum Gartentor hinausrannte, wenn er sah, daß es nicht verschlossen war. Warm lief ihm dann immer nach. Manchmal mußte sie vier Straßen weit laufen, bevor sie ihn einholte. Eines Morgens hatte wieder jemand das Gartentor offenstehen lassen, und der Hund rannte natürlich hinaus. Warm, die noch im Bademantel war, lief wie der Blitz hinter ihm her und

erwischte ihn auch bald, doch sie war sehr ärgerlich mit ihm und schimpfte tüchtig.
Draußen, in Maushausen, blieb er manchmal für mehrere Stunden verschwunden, und wenn er dann wieder heimkam, duftete er wunderbar nach fremden Tieren. Einmal kam er zurück und rannte geradewegs auf die Veranda, wo er sich gemütlich mit einem Steak, das er im Maul hatte, hinlegte und es auffraß. Ein andermal sagte Warm zu Pest: »Er hat sechs Steaks von einem Gartengrill gestohlen. Der Nachbar wollte ihn schon erschießen, aber ich habe gesagt, ich würde ihm die Steaks ersetzen, er brauche den Hund nicht zu erschießen.«
Den Hund erschießen!
»Wir müssen vorsichtiger sein«, sagte Pest.
»Oh, ja«, meinte auch Warm.
»Besonders während der Jagdsaison«, sagte Pest. »Er ist so groß, jemand könnte ihn für einen Rehbock halten.«
»Ich werde ihm ein rotes Tuch um den Hals binden«, sagte Warm.
Den Hund erschießen! Könnte jemand meinen Hund erschießen? Könnte wohl jemand ans Fenster des Hauses kommen und mich erschießen?
»Du solltest bei mir im Haus bleiben«, sagte ich zu dem Hund.
»Niemand wird mich erschießen«, sagte er und stand auf, um zum Fenster zu gehen. Doch wie er so durch das Zimmer lief, erkannte ich, daß er hinkte. Als er sich

auf den Boden gelegt hatte, wollte ich seine Pfoten untersuchen. Ich wollte nachsehen, ob er sich vielleicht etwas in die Fußsohlen getreten hatte.
Doch da war nichts, und nach einiger Zeit hörte er wieder auf zu humpeln. Bald hörten wir auch nicht mehr diese kurzen knallenden Laute, die von Gewehrschüssen herrührten, wie Warm erklärt hatte, und ich machte mir keine Sorgen mehr.
Doch mit der Zeit begann der Hund immer öfter zu hinken und schrie manchmal auf, wenn er sich erhob. Das gefiel mir gar nicht, und ich begann, ihm nachzugehen, leckte ihn öfter und öfter zwischen den Ohren, bis er zu knurren begann. Ich leckte ihm seine Pfoten und schnappte mit dem Maul nach den kleinen Fellbüscheln, die ihm zwischen den Polstern seiner Fußsohlen wuchsen, doch ich konnte nichts finden. Wenn meine Untersuchungen dem Hund auf den Nerv gingen, dann drehte er seinen Kopf nach mir um, schob seine lange Schnauze unter meinen Bauch, hob mich auf und setzte mich auf den Boden.
All das geschah, bevor Katze Grace zu uns kam. Sie versteht nicht, wenn ich heute hin und wieder, wenn ich ein donnerndes Bellen höre, meinen Kopf hebe und aufmerksam lausche und bisweilen sogar auf das Fensterbrett springe, weil ich denke, ist das etwa mein Hund? Ist das vielleicht mein Hund, der nicht ins Haus kann?
Grace meint dann, ich hätte Angst vor dem Hund, der

da bellt. Sie rollt sich zu einem Ball zusammen, zuckt mit dem Schwanz und meint: »Du bist albern, dich zu fürchten! Der Hund kann uns doch gar nichts tun, er kann doch gar nicht rein.«

Eines Tages konnte mein Hund überhaupt nicht mehr aufstehen und mußte sich mit den Vorderpfoten über den Fußboden schleppen. Ich war gerade damit beschäftigt, Fleischstückchen aus unserem Napf in das Wohnzimmer zu tragen, wo er bewegungslos und winselnd auf dem Boden lag, da kam Warm herein.

»Was ist los mit dir?« fragte sie den Hund, der sich mühte, aufzustehen und zu ihr hinüberzulaufen. Doch seine Hinterbeine wollten ihm nicht gehorchen, und er brach wieder auf dem Boden zusammen. Dann versuchte er, sich mit Hilfe seiner Vorderpfoten zu ihr zu schleppen. Als Warm das sah, ging sie zu ihm hinüber und setzte sich neben ihn auf den Fußboden. Der Hund legte seinen Kopf auf ihren Schoß, und sie streichelte ihn lange. Dann rief sie Pest herbei, der eilig die Treppe heruntergerannt kam.

»Ich lasse das Auto an«, sagte Pest und nahm Hundehalsband und Leine vom Wandhaken. Normalerweise verschwand ich bei der Gelegenheit immer gleich in den Keller und versteckte mich dort, und sie mußten dann herunterkommen und mich bitten, oder sie stocherten mit einem Stock in meinen Verstecken herum, bis ich wieder hervorkam. Ich hatte den Eindruck, daß

sie mich diesmal gar nicht in meinen Käfig sperren wollten. Dabei wollte ich doch mit dem Hund mitgehen, denn er war unglücklich. Wenn er unglücklich war, wollte ich bei ihm sein und ihn zwischen den Ohren lecken. Ich marschierte also tapfer zu meinem blauen Käfig hinüber und wartete, daß mich einer von ihnen aufhob und hineinsetzte. Doch niemand war daran interessiert! Niemand beugte sich über mich und ergriff mich, um mich in den Käfig zu packen.
Was ist hier los? fragte ich mich. Warum ist heute nichts wie sonst?
Ich sah, wie Pest die Leine am Halsband des Hundes einhakte, und der Hund vor Aufregung zu winseln begann, und ich dachte, er wird sicherlich gleich aufstehen. Sicherlich begreift er jetzt, daß sie ihn zu einer Autofahrt mitnehmen wollen, was ihm doch so gut gefällt. Doch er konnte nicht aufstehen. Als Pest das sah, hob er den Hund hoch, und ich schaute vom Fensterbrett aus zu, wie er hinaus zum Auto getragen und auf den Rücksitz gelegt wurde. Dann stieg auch Warm ins Auto, setzte sich neben den Hund auf die Bank, und Pest fuhr los.
Jetzt begann ich mir wirklich Sorgen zu machen. Was hat das zu bedeuten, wenn jemand mit dem Auto fortgebracht wird? Vielleicht fahren sie ja nur hinaus nach Maushausen, dachte ich. Aber sie haben mich doch allein im Stadthaus zurückgelassen. Ich wußte, das würden sie nicht tun, wenn sie weit fahren wollten.

Wo sie den Hund wohl hinbringen? Würden sie ihn irgendwo zurücklassen – wie meine Mutter mich in dem warmen Keller zurückgelassen hatte, als sie fortging, um nach Futter zu jagen, und niemals wiederkam? Wie sollte er zu uns zurückfinden, wenn sie ihn irgendwo alleinließen? Wie sollte er sich nach seiner Landkarte von Gerüchen richten, wenn ihm doch seine Hinterbeine nicht gehorchten?
Ich wartete am Fenster und hielt Ausschau nach dem Hund. Auf dem Zweig eines Baumes sah ich zwei Vögel sitzen, und über das Garagendach jagte ein Eichhörnchen hinter einem anderen her. Der Wind wehte heftig und rauschte in den Blättern, die noch an den Bäumen hingen. Jemand klingelte an der Tür, und ich konnte hören, wie die Post auf den Fußboden des Flures klatschte, aber der Hund war ja nicht hier, deswegen bellte es nicht. Ich fragte mich, was ich wohl tun sollte ohne meinen Hund. Tag und Nacht ist er bei mir. Wenn Warm und Pest nicht im Haus sind, schläft er neben mir und spielt mit mir. Wir jagen einander durchs Haus. Als ich einmal beim Spielen mit einer Kralle in der Gardine hängengeblieben bin, ist er auf das Sofa geklettert, hatte mich bei meinem Halsband geschnappt und an mir gezerrt, bis ich wieder frei war.
Ich versuchte mich zu erinnern: Hatte Warm gesagt: »Bin gleich zurück«, als sie fortging? Immer wenn sie sagte: »Bin gleich zurück«, dann blieb sie nicht lange

fort. Damals, als sie und Pest mit den großen grauen Kisten das Haus verlassen hatten, hatte sie nicht »Bin gleich zurück« gesagt. Ich fürchtete, jetzt, als sie mit dem Hund fortging, hatte sie wieder nicht gesagt: »Bin gleich zurück.«

Ich wartete und wartete und verlor schließlich allen Mut. Ich mußte wieder an meine Mutter denken, wie sie zum Jagen fortgegangen war und niemals wiederkam. Ich lief die Treppe hinauf, legte mich vor den Spiegel in der Diele und sah den Geist-Kater an, der zu mir zurückstarrte.

»Wo ist mein Hund?« fragte ich ihn, doch der Geist-Kater sah mich nur traurig an und sagte: »Wo ist *mein* Hund?«

Ich rollte mich eng zusammen, um einzuschlafen. Im Schlaf träumte ich von Wölfen, die an einem Baum hochsprangen, auf den ich geklettert war. Ich hatte schreckliche Angst, doch plötzlich fingen die Wölfe ganz erbärmlich an zu heulen, fielen auf den Boden und waren außerstande wieder aufzustehen.

»Steht auf! Steht auf!« rief ich ihnen zu, doch sie sahen mich nur mit traurigen Augen an und heulten noch lauter, bis ich an dem Baumstamm zu ihnen hinunterkletterte. Ich würde ihnen auf die Nase hauen, dachte ich. Wenn ich sie mit meinen Krallen auf die Nase schlage, werden sie schon aufstehen. Sie werden schon begreifen, daß sie laufen können, wenn sie es nur wollen!

Doch als ich bei dem ersten Wolf angekommen war und ihm auf die Nase schlug, stand der nicht auf, sondern sah mich nur an und heulte um so lauter.
»Ich werde dir dein Halsband anlegen, und dann fahren wir mit dem Auto«, sagte ich zu ihm, doch er verstand mich nicht, sondern knurrte nur und heulte.
In dem Augenblick hörte ich das Klappen einer Autotür und flitzte die Treppe hinunter. Wo ist mein Hund? Er war nicht da!
»Er wird bald wiederkommen«, sagte Warm und hob mich vom Boden auf und drückte mich an sich.
»Ich begreife nicht, wie du ihn hochheben kannst«, sagte Pest. »Er ist doch so schwer.«
Sie antwortete ihm nicht. Sie streichelte mir mit der Nase das Fell und drückte ihr Gesicht in meine Seite. Da nahm ich den unverkennbaren Geruch wahr – die *Tierklinik*! Sie roch nach der Tierklinik! Da hatte sie den Hund also hingebracht! Aber warum hat sie ihn denn nicht wieder mit zurückgebracht? Er war es doch gar nicht gewohnt, dort ohne mich zu sein. Wenn wir gemeinsam in die Klinik gingen, hatte uns der Arzt immer zusammen in einen Drahtkäfig gelassen, weil wir einander so verzweifelt zuriefen, wenn wir getrennt wurden, daß die anderen Tiere in der Klinik völlig aus dem Häuschen gerieten.
»Er wird sich bald erholt haben«, sagte Warm, wobei sie ihre Nase in meinem Fell vergrub.
»Das hoffe ich sehr«, sagte Pest mit trauriger Stimme.

Sicherlich wird er entwischen, dachte ich. Er wird den Riegel am Käfig hochheben oder die Tür aufreißen, er ist so ein starker Hund, so ein kluger Hund. Mitten in der Nacht werde ich ihn an der Tür kratzen hören, dann werde ich so laut schreien und kreischen, bis sie aufwachen und ihn hereinlassen. Ich wollte nicht einschlafen und hielt statt dessen meine Ohren kerzengrade, um zu hören, wenn er heimkam.

Als es wieder hell wurde, befand ich mich nach wie vor neben Warm auf dem Bett, und als ich mich aufrichtete und zum Fußende hinübersah, war der Hund noch immer nicht wieder da. Später, als sie den Futternapf vor mich hinstellten, konnte ich nichts fressen, so sehr war ich daran gewöhnt, den Kopf des Hundes neben mir zu haben. Ich war so sehr daran gewöhnt, seinen Kopf von meiner Seite des Tellers zu stoßen und von ihm mit dem Kopf von seiner Fleischration fortgestoßen zu werden.

Einen ganzen Napf für mich allein! Was könnte es Schrecklicheres geben?

So ändern wir uns, ohne auch nur zu merken, daß wir uns ändern.

Es wurde hell und dunkel und hell und wieder dunkel, und immer noch kein Zeichen von dem Hund. Er hatte immer noch nicht seinen Drahtkäfig geöffnet und war seiner Gerüche-Landkarte gefolgt und nach Hause gekommen.

Er wird nicht kommen, dachte ich. Und ich kann

nichts daran ändern. Ich legte mich auf die Couch im Wohnzimmer und kehrte der Welt den Rücken zu. Als Warm das sah, hob sie mich auf, setzte mich auf ihren Schoß und streichelte mich lange. Dann stand sie auf und brachte einen Ball mit, der an einem Bindfaden befestigt war, und ließ ihn vor mir baumeln. Sie hoffte, ich würde mit der Pfote danach schlagen, aber ich hatte kein Interesse an Bindfäden. Ich wollte, daß sie mir den Hund zurückbringt. Sie selbst hatte geholfen, ihn fortzuschaffen.

»Du mußt etwas fressen«, sagte sie abends zu mir, »sonst müssen wir dich auch noch in die Klinik bringen.« Sie tauchte ihren Finger in ein Glas mit Wasser und strich mir damit über die Nase. Ich mußte automatisch meine Nase lecken. Das machte sie so lange, bis ich genug getrunken hatte. Ich fühlte mich danach schon besser, aber ich wollte immer noch nicht essen oder im Haus herumlaufen.

Wieder ging am nächsten Tag die Sonne auf, doch immer noch keine Spur von dem Hund.

Ich schlief zwischen den Heizungsrohren entlang der Kellerdecke und war entschlossen, für immer dort zu bleiben und nie wieder herunterzukommen. Was war das für eine Welt, fragte ich mich, in der jeder verschwand, in der Menschen, Hunde und Mütter einfach durch die Tür fortgingen und nie wiederkamen? Was für Tiere waren auf der anderen Seite der Tür, die einen ganzen Hund auf einmal verschlucken konnten? Was war das für eine Welt, in der deine Beine mit einemmal aufhören zu funktionieren und du nicht mehr durchs Zimmer laufen kannst? Das war überhaupt keine Welt! Jedenfalls keine Welt, in der ich leben wollte! Gerade als ich derart in Gedanken vertieft war, hörte ich das laute Bellen des Hundes. Mein Hund war wieder da!

Ich fegte die Treppe hinauf und warf mich auf ihn. Ich stellte mich auf die Hinterbeine und hielt mich mit den Pfoten an seinem Hals fest. Ich sprang um ihn herum, schnappte nach seinem Schwanz und biß vor Begeisterung hinein. Vor lauter Wiedersehensfreude merkte ich nicht gleich, daß er mir nicht wie üblich nachjagte, doch ein paar Minuten später wurde es mir klar. Der Hund konnte immer noch nicht laufen.

Pest trug den Hund jetzt in das Wohnzimmer, während Warm ein kleines Lager vor der Couch aufbaute. Darauf legte sie Decken, und ich begriff bald, daß sie vorhatte, hier unten bei dem Hund zu schlafen. Nun, dann werde ich eben auch hier schlafen, dachte ich. Ich werde herausbekommen, was mit meinem Hund geschehen ist, und werde nachts aufpassen, wenn alle schlafen.

»In der Tierklinik haben sie versucht mich wieder herzustellen«, sagte der Hund. »Aber meine Beine funktionieren nicht mehr.«

Ich sagte: »Mach dir keine Sorgen. Die werden schon wieder.« Dann drückte ich meinen Kopf eng an den

Kopf des Hundes, damit ich sehen konnte, was er gesehen hatte, und nicht lange, da erkannte ich mich selbst, wie ich aus einem der Drahtkäfige des Arztes hinausschaute. Ein Arzt kam auf mich zu mit diesem spitzen, glänzenden Ding, das er mir an die Seite hielt. Es stach wie ein Floh. Dann ging der Arzt wieder fort, und ich war allein in meinem Drahtkäfig. Irgendwo auf der anderen Seite des Raumes jammerte eine einzelne Katze und leckte sich ihren blutigen Bauch.

»Nächstes Mal komme ich mit dir mit«, sagte ich zum Hund.

»Schlaf jetzt«, meinte er zu mir.

Am nächsten Morgen fütterte uns Warm, und Pest trug den Hund anschließend hinaus in den Hinterhof. Auch diese Nacht schlief Warm wieder im Wohnzimmer.

Nun gut, dachte ich, so wird unser Leben jetzt eben sein. Warm schläft hier unten, der Hund wird rein- und rausgetragen, und es gibt keine Verfolgungsjagden mehr quer durchs Haus. Und ich komme in dieses Zimmer, klettere auf den Rücken des Hundes und lecke sein Fell.

Doch eines Tages, Warm war hinaufgegangen und schrieb auf ihrer Maschine, da begann der Hund mit einemmal zu jaulen, rappelte sich auf, stellte sich auf seine Füße und begann tatsächlich zu laufen – nicht gut, ganz und gar nicht gut. Er fiel immer wieder hin,

aber er lief. Er benutzte alle vier Beine. Während ich ihm zusah, ging er an die Treppe und versuchte, sie hinaufzuklettern.
»Bleib von der Treppe fort!« riet ich ihm, »du wirst herunterfallen, und dann ist alles noch schlimmer!«
»Ein Hund hat nur eine Pflicht«, sagte er, »und die ist, bei seinen Leuten zu bleiben.«
»Ich bin doch deine Leute!« sagte ich. Ja, meinte er, ich gehörte auch dazu, doch im gleichen Augenblick machte er sich daran, die Treppe hinaufzusteigen, und nichts hätte ihn daran hindern können. Aber dann verlor er das Gleichgewicht, rutschte herunter und landete genau auf mir drauf.
Ich schrie.
Warm kam zur Treppe geeilt, lehnte sich über das Geländer und sah zu uns herunter. »Was treibt dieser Hund?« fragte sie.
»Siehst du!« sagte ich zu ihm. »Siehst du! Sie will nicht, daß du an die Treppe gehst! Geh nicht hoch!«
Doch der Hund versuchte es erneut und kam diesmal bis zur Mitte, bevor er erneut hinfiel. Aber er fiel nicht wieder alle Stufen herab. Warm sah, was er tat, kam die Treppe herunter und griff ihn am Halsband. So zog sie ihn, während er sich abplagte, und half ihm von einer Stufe zur nächsten, bis er endlich auf dem Treppenabsatz des ersten Stockwerks angekommen war.
»Was für ein eigensinniger Hund du doch bist«, sagte Warm voller Bewunderung und ging hinunter und

brachte ihm einen Hundekuchen. »Foudini, hast du so etwas schon mal gesehen?« fragte sie mich. Natürlich hatte ich noch nie so etwas gesehen, und ich hoffte, so etwas auch nie wieder sehen zu müssen. Bald darauf stieg der Hund auch zum zweiten Stockwerk hinauf und schließlich lief er rauf und runter, fast so, als sei es nie anders gewesen.

Doch er hinkte von nun an fast immer. Manchmal blieb er auch tagelang an einer Stelle liegen und wimmerte leise vor sich hin. Egal, wie sehr ich ihn leckte, um ihn herum tanzte oder drohte, ihm auf die Nase zu schlagen, er blieb einfach liegen. An solchen Tagen jagte und streunte ich allein durchs Haus und kam dann, wenn ich fertig war, zurück und legte mich neben ihn oder auf ihn drauf, indem ich mich mit meinen Vorderpfoten an seinem Halsband festhielt, damit ich nicht herunterrutschte.

»Hat er dann immer weiter gelebt?« fragt mich Katze Grace, und mich wundert wieder einmal, was sie so wichtig daran findet, daß sie darüber nachdenkt. Offensichtlich, weil sie einfach nicht über das nachdenkt, was ich ihr zu sagen habe.

»Nun, hier ist er jetzt jedenfalls nicht«, sage ich.

»Wahrscheinlich lebt er in den Wäldern bei Maushausen«, meint sie.

»Ja, wahrscheinlich«, erwidere ich.

»Warum sagt Warm ständig, sie möchte wieder einen

Hund?« will sie wissen. »*Ich* brauche keinen Hund. Ich habe mehr als genug mit mir selbst zu tun!«
»Und mich vergißt du wohl, oder?« frage ich sie. »In erster Linie bist du meinetwegen hierher gebracht worden.«
»Genau das habe ich gemeint«, sagt sie und reckt sich behaglich. »Ich bin genug für alle.«
»Vergiß mich nicht!« beschwere ich mich.
»Natürlich nicht«, sagt sie, ohne sich die Mühe zu machen, mich anzusehen. Sie ist eben noch eine sehr junge Katze.

Gerade merke ich, daß ich ganz vergessen habe, von dem Kind zu erzählen, obwohl wir doch eine Zeitlang so wichtig für einander waren. Ich erinnere mich noch sehr genau, wie Warm und Pest eines Tages ein übelriechendes Geschöpf mit nach Hause brachten, das in eine Decke gehüllt war. Warm zeigte das kleine winkende Ding dem Hund und meinte: »Das ist ein kleines Welpen-Kind«. Als das Kind daraufhin zu weinen begann, floh ich aus dem Zimmer, gefolgt von dem Hund, der ebenfalls von panischem Schrecken gepackt war.
Doch wir kamen schon nach wenigen Augenblicken zurück und beobachteten Warm, wie sie das Kind hielt und mit einer Flasche fütterte. Genauso hatte sie mir damals meine Medizin verabreicht, als sie mich das erstemal nach Hause brachte. Und genau wie mich

damals bestreute sie jetzt das Kind mit Puder. Es hatte also Flöhe, aber die würden nun bald verschwunden sein.

»Das Kind hat keine Flöhe, sei nicht albern«, sagte der Hund. »Das Kind hat doch gar kein Fell.«

Es ist sinnlos, mit einem Hund zu diskutieren, das war jedenfalls immer meine Meinung. Die werden einfach sauer und irgendwann beißen sie dann fester zu, als einem lieb ist.

Das Kind muß Unmengen von Flöhen gehabt haben – das war ganz offensichtlich –, denn die Frau puderte es mehrmals am Tag. Mir gefiel das gar nicht, denn die weißen Puderwolken brachten mich immer zum Niesen. Doch ich hatte den Bogen bald raus und verschwand aus dem Zimmer, bevor sie damit begann, den Puder auf das Kind zu streuen.

In dem Kinderzimmer stand ein hohes Büchergestell. Ich gewöhnte mir bald an, dort oben über der Korbwiege des kleinen Jungen zu schlafen, und immer wenn er schrie, sprang ich herab, suchte nach Warm und maunzte, bis sie mich fragte, was ich hätte. Sie begriff sehr bald, daß ich wollte, daß sie mir in das Kinderzimmer folgte. Wenn sie dann sah, daß der kleine Junge weinte, hob sie ihn heraus aus der Wiege, legte ihn auf einen Tisch, säuberte und puderte ihn und legte ihn wieder hinein. Anschließend ging sie hinunter in die Küche und holte ihm eine Flasche Milch.

Ich saß nicht mehr so oft auf Warms Schoß wie früher, aber ich sah voraus, daß dieses kleine Geschöpf einmal selbst einen Schoß haben würde, und dann könnte ich ja dort sitzen. Er kroch jetzt bereits auf allen Vieren über den Boden, ganz wie eine Katze oder ein Hund, überhaupt nicht wie ein Mensch. Kein Wunder also, daß Warm ihn ein Welpen-Kind nennt, dachte ich.

»Als sie *dich* heimgebracht hatte«, meinte der Hund, »hat sie dich immer eine *Welpen-Katze* genannt. ›Sei nett zu der Welpen-Katze‹, hatte sie gesagt.«

»Welpen-Katze?«

»Sie wußte eben, daß ich Welpen mag«, sagte der Hund, wobei er in eine andere Richtung sah. Es war ihm peinlich.

»Und hast du gedacht, ich sei ein Welpe?« fragte ich ihn. »Du hast bei mir gelebt, und du gehörtest mir. Ein bißchen *hättest* du ja ein Welpe sein können«, sagte er.

Der Hund hatte es sich inzwischen zur Aufgabe gemacht, das kleine Ding davor zu bewahren, sich selbst zu zerstören, was es öfter mal zu versuchen schien.

Der Kleine kroch aus seinem Zimmer hinaus auf den Flur und krabbelte geradewegs auf die Treppe zu. Immer wenn ich das sah, machte ich ein ziemliches Geschrei, so daß der Hund herbeikam, egal, in welchem Zimmer er gerade war. Dann stellte er sich über das kleine Ding und schob mit seiner linken Pfote die linke

Schulter des Kleinen zurück und mit der rechten Pfote die rechte Schulter, wobei er rückwärts ging. Das machte er wieder und wieder, bis der kleine Kerl wieder sicher in seinem Zimmer war. Wenn er dann war, wo er hingehörte, legte sich der Hund quer in die Tür. Er war so groß, daß der Kleine nicht über ihn hinüberklettern konnte.

»Was für hervorragende Babysitter ihr seid!« sagte Warm damals zu uns, und wir waren mächtig stolz. Wir machten unsere Sache tatsächlich gut, denn schon bald erhob sich der Kleine auf seine Hinterbeine und begann durch das Haus zu spazieren, wobei er gegen Möbelstücke stieß oder auf dem Weg zur Treppe über uns purzelte. Der Hund faßte ihn dann mit den Zähnen am Hosenboden seines Pyjamas und zog ihn zurück. Wenn der kleine Knirps erneut versuchte, sich der Treppe zu nähern, fing der Hund zu bellen an, und irgendwann hatte das Kind begriffen, daß es sich nicht lohnte, sich dem Hund zu widersetzen. Sobald der Hund zu bellen begann, machte der Kleine kehrt und ging in sein Zimmer zurück.

Der Hund und das Kind waren jetzt ganz dicke Freunde geworden, aber ich war mir nicht so sicher, was den Kleinen anging. Wir beide kamen nicht ganz so gut zurecht. Schon bei meinem bloßen Anblick fing er an zu brüllen, und zwar so laut und schrill, das mir die Ohren sausten. Er griff meinen Schwanz und kaute daran, riß an meinem Fell und schlug mir mit einem

Stoffaffen, den er am Schwanz herumschleuderte, auf den Kopf.
Den Hund schien das alles völlig kaltzulassen, aber er war eben auch viel größer als ich und schwerer, und wenn der Kleine ihn ärgerte, dann kippte er ihn sanft um, daß er auf den Boden fiel, und legte seine Pfote auf ihn drauf, und der Knirps konnte sich nicht mehr rühren.
»Du wirst schon sehen«, sagte der Hund. »Er wird genauso ein Mensch werden wie Warm und Pest.«
»Er ist grob und er stinkt«, sagte ich. »Er wird bestimmt nicht so.«
»Du wirst schon sehen«, meinte der Hund, und er sollte recht behalten.
Doch als das Kind größer wurde und tatsächlich immer mehr aussah wie Warm und Pest, war ich enttäuscht, denn nun war er ja bloß ein weiteres menschliches Wesen, bloß *noch* ein Mensch. Jetzt gehörte er nicht mehr *uns*. Er krabbelte nicht mehr über den Boden wie früher, als er nur ein klein wenig größer als ich, aber nicht so groß wie der Hund war.
Die Zeit verging, und das Kind wuchs und wurde größer und fing bald selbst an, uns zu füttern. Bevor wir uns versahen, hatte es damit begonnen, jeden Morgen früh fortzugehen, und der Hund und ich warteten in dem stillen Haus wieder darauf, daß Warm und Pest von ihren zahllosen Jagdausflügen zurückkommen würden.

»Ich hoffe, er kommt bald zurück und wirft meinen grünen Frosch, damit ich ihn zurückbringen kann«, sagte der Hund.
»Ich hoffe, er kommt nach Hause und spielt für mich mit dem zappelnden Bindfaden«, sagte ich.
»Magst du meinen grünen Frosch nicht?« fragte der Hund. »Nichts quietscht so schön wie er.«
Ich sagte, daß ich mir nichts aus quietschenden Dingen mache, es sei denn, es sind Mäuse.
»Ja«, meinte der Hund, »du hast wahrscheinlich recht.«
So warteten wir auf Warm und Pest und den kleinen Jungen. Was für eine glückliche Familie wir waren.

Katze Grace fragt mich: »Warum ist denn jetzt kein Kind mehr im Haus? Ist jemand gekommen und hat es aufgefressen?«
»Es aufgefressen! Nein, der Junge ist groß geworden und zum Jagen woanders hingegangen. Aber manchmal kommt er zu Besuch zurück, dann können wir auf sein Bett springen und schreien, als seien wir schrecklich hungrig. Das ist sehr praktisch, denn darauf fällt er immer rein. Er kommt dann runter und gibt uns ein Extrafrühstück oder ein zweites Abendessen. Es macht wirklich einen Riesenspaß, wenn er da ist.«
»Zieht er mich denn auch am Fell und beißt in meinen Schwanz und fällt die Treppe runter?« will Grace wissen.

»Jetzt ist er genauso wie die Erwachsenen«, antworte ich mit einem Seufzer.
»Warum brauchen wir ihn dann?« fragt mich Katze Grace. »Hier gibt es doch schon genug Erwachsene.«
»Er ist ihr Junges«, sage ich.
»Oh«, sagt Grace, »ich verstehe. Dann werden wir auch einmal Erwachsene?«
»Nein, wir sind Katzen.«
»Und Katzen bleiben immer Katzen?«
»Immer.«
Obwohl, so ganz sicher bin ich mir da nicht. Manchmal träume ich, daß ich mich putze, und merke dann, daß ich gar kein Fell habe, sondern nur Haut wie Warm. Oft träume ich, daß Warm mich hochhebt und mich an sich drückt. Sie hat dann überall ein süßduftendes dichtes Fell und große, spitze Ohren, und wenn sie mich mit ihrer Nase streichelt, dann pieksen mich ihre Schnurrhaare.
»Gehen alle Kinder fort?« fragt Grace, die noch immer darüber nachdenkt.
»Ja, sie gehen fort.«
»Aber Katzen bleiben für immer und deshalb sind sie auch viel wichtiger und überhaupt in jeder Hinsicht nützlicher«, sagt Grace und beginnt zufrieden zu schnurren.
Sie ist eine so fröhliche kleine Katze. Ich glaube, ich erzähle ihr lieber nicht die ganze Geschichte von meinem Hund. Was könnte sie damit anfangen?

»Wenn ich nur mal nach draußen ins Freie könnte«, sagt Grace. »Ich glaube, dann wäre ich restlos glücklich.«

»So wunderschön ist es gar nicht dort draußen«, sagte ich. »Da draußen kannst du ertrinken.«

»Im Garten hinter dem Haus?« fragt mich Grace.

»Nein, im Fluß bei Maushausen.«

»Aber wir sind hier nicht in Maushausen«, sagt Grace. »Bist du schon mal in Maushausen ertrunken?«

»Sehe ich denn aus, als sei ich ertrunken?« frage ich sie. Aber ich wäre tatsächlich einmal fast in dem Fluß bei Maushausen ertrunken.

Nachdem der Hund aus der Klinik zurückgekehrt war, nahmen wir unsere Ausflüge nach Maushausen wieder auf. Ich war sehr glücklich darüber, wieder zusammen mit dem Hund im Auto fahren zu können. Aber trotzdem versteckte ich mich immer noch, sobald ich meinen blauen Reisekäfig sah, wenngleich auch nicht mehr sehr geschickt. Ich machte es Warm leicht, denn unter keinen Umständen wollte ich es riskieren, daß mich jemand von meinem Hund trennte.

Es war Frühling, und die Fahrt nach Maushausen dauerte so lange wie immer.

»Ich weiß nicht, ob diese Ausflüge mit dem Wagen gut für den Hund sind«, sagte Pest, der Sam in das Auto gehoben hatte, weil er inzwischen nicht mehr selbst hineinsteigen konnte. Doch Warm meinte: »Er liebt Maushausen so sehr. Ich glaube, wir sollten ihn mitnehmen. Er liegt im Wagen genauso ruhig wie zu Hause auf dem Boden. Und er liebt es, draußen auf der Wiese zu sein.«

»Er läuft zuviel herum«, sagte Pest.

»Wenn ihn seine Beine schmerzen, legt er sich hin«, meinte Warm.

»Das stimmt«, pflichtete Pest bei, und so fuhren wir los.

Es waren einige Wochen vergangen, seitdem wir das letztemal in Maushausen waren, doch seitdem hatte ich an meinem Fluchtplan gearbeitet. Ich wollte in Maushausen so tun, als interessiere es mich nicht die Bohne, wenn Warm die Tür für den Hund öffnete. Doch dann, wenn sie überhaupt nicht mehr damit rechnete, daß sie von meiner Seite Ärger zu erwarten hätte, wollte ich mit dem Hund durch die Tür entwischen, endlich einmal hinaus auf die Wiese. Du wirst nicht lange draußen bleiben, sagte ich zu mir selbst, denn der Hund wird dich beim Halsband schnappen und zurückbringen. Aber ich würde hinaus in die Wiese entwischen, um jeden Preis, wenn auch nur für ein paar Minuten, dazu war ich fest entschlossen. Mit ein wenig Glück würde ich mich in dem Busch verstecken können, den Warm nach der Geburt des Kindes gepflanzt hatte. Der kleine Busch war inzwischen zur Größe eines Baumes herangewachsen und hatte sehr dichte Zweige. Dort würden sie mich nicht so leicht herausfischen können, um mich wieder ins Haus zu bringen, dachte ich. Ich würde mich verstekken, bis es dunkel wäre, und dann um das Haus streunen. Danach wollte ich dann wieder zurückkommen und an der Tür schreien. Einmal in seinem Leben sollte es einem Kater erlaubt sein, nach draußen zu entwischen!

Meine früheren sorgfältig ausgeklügelten Fluchtpläne waren immer gescheitert, doch diesmal hatte ich an alles gedacht, so glaubte ich.

Am Morgen ging Warm an die Tür, um sie für den Hund zu öffnen.

»Oh, sieh mal«, sagte sie. »Der Fluß hat Hochwasser. Noch nie habe ich ihn so laut rauschen hören.«

Es hatte stark geschneit, und mit der Schneeschmelze war der Fluß zu einem reißenden und wilden Strom geworden.

Warm trat ans Fenster, um hinaus auf den Fluß zu schauen, der normalerweise hinter der Böschung nicht zu sehen war. Doch jetzt war er über die Ufer getreten und brauste wildschäumend am Haus vorbei.

»Geh nicht zu nah an den Fluß«, sagte sie noch zum Hund und tätschelte ihm den Kopf, während sie die Tür für ihn öffnete. Sie hatte mich überhaupt nicht beachtet und staunte nicht schlecht, als ich plötzlich wie der Blitz hinter dem Hund her an ihr vorbei und hinaus über die Wiese flitzte. Ich wollte den Fluß sehen, der voll war von Fischen, wie mir der Hund erzählt hatte.

Der Hund, der mich durch das Gras davonrennen sah, setzte sofort zur Verfolgung an.

Er wird mich packen und mich zurückbringen, bevor ich auch nur die Gelegenheit hatte, einen Maulwurfshügel zu finden, dachte ich. Ich rannte noch ein wenig schneller, und der Hund, der ja humpelte, hatte Schwierigkeiten, mir zu folgen. Doch ich konnte ihn bereits hinter mir hecheln hören, und gerade, als ich mich nach ihm umschauen wollte, da stolperte ich und stürzte über ein paar lose Steine oben auf dem Flußufer und purzelte die Böschung hinab, geradewegs in die reißenden Wassermassen.

Der Hund lief am Ufer entlang und rief mir zu: »Halte deinen Kopf oben! Katzen können schwimmen! Versuch zu schwimmen!« schrie er.

Doch das Wasser war so gewaltig und schnell, daß ich nichts tun konnte. Während ich mich abmühte, meinen Kopf oben zu behalten, sah ich, wie ich auf eine Brücke zutrieb. Ich wurde an einem Haus vorbeigespült, das ich noch nie zuvor gesehen hatte – ein blaues Haus.

Das ist das Ende aller meiner neun Leben, dachte ich. Ich paddelte verzweifelt mit allen vier Pfoten, reckte meinen Hals so hoch ich konnte, um meine Nase aus dem Wasser zu halten, doch ich wußte, daß ich nicht genügend Kraft haben würde, um lange in einem so

wilden Fluß schwimmen zu können. So also hat sich meine Mutter gefühlt, dachte ich, als sie hinaus zum Jagen gegangen war und nicht zu mir zurückkommen konnte. Ich schloß die Augen, weil ich diesen fürchterlichen Fluß nicht mehr sehen wollte. Ich dachte an Maushausen, wie Warm und Pest in ihren Sesseln saßen, dachte an meinen Hund. Allem sagte ich Lebewohl.
Ich spürte plötzlich, wie mich etwas in meinem Nakken packte, ohne daß ich wagte, die Augen zu öffnen. Ein Riesenfisch, fürchtete ich, würde mich gleich verschlingen. Doch irgend etwas trug mich durchs Wasser, und es hielt meinen Kopf hoch, so daß ich weiter durch Mund und Nase atmen konnte. Da öffnete ich die Augen und erkannte meinen Hund, der mir zu Hilfe gekommen war. Er war in den Fluß gesprungen, hatte mich aufgefischt und schwamm nun mit aller Macht zum Ufer.
Wir werden beide ertrinken, dachte ich. Aber wenigstens werden wir auf diese Weise nie getrennt sein.
Doch der Hund hatte nicht die Absicht zu ertrinken. Er schwamm mit all seiner Kraft durch das schwarze Wasser, und ich sah, wie wir uns allmählich dem Ufer näherten. Ich wollte ihm zurufen: »Halte durch, halte durch!«, doch wagte ich nicht, den Mund zu öffnen, aus Furcht, die Wassermassen hätten mich sogleich erstickt, und weil ich den Mund auch gar nicht hätte öffnen können, so fest hielt mich der Hund in seinem Maul.

Wirklich, dachte ich, und mir schossen die Tränen in die Augen, er ist ein mächtiges Tier. So groß und stark, so tapfer, dachte ich.
Das Wasser war eiskalt. Ich fror und zitterte, und ich konnte spüren, wie auch der Hund vor Kälte zitterte. Wie lang würde er wohl noch schwimmen können? fragte ich mich. Wann würde er aufgeben müssen?
Er gab aber nicht auf, und wir kamen endlich ganz dicht ans Ufer heran. Doch die Böschung war so glitschig, daß der Hund beim Versuch, an Land zu klettern, rückwärts wieder ins Wasser rutschte. Doch er unternahm sogleich einen neuen Anlauf.
Am Ufer stand Pest mit einem Seil in der Hand. Und als der Hund nun noch einmal versuchte, an Land zu klettern, da schob er das Seil durch das Halsband des Hundes und begann, ihn zu sich hinaufzuziehen. Endlich hatten wir beide wieder festen Boden unter den Füßen.
Ich erwartete nun, daß Pest mit uns schimpfen würde, doch er sagte kein Wort. Nicht einmal Warm, die weinend hinter ihm stand. Pest hob mich vom Boden auf und gab mich an Warm weiter, dann klopfte er dem Hund den Kopf. »Bring du Foudini zurück«, sagte er, »ich komme langsam mit Sam nach.«
Warm machte sich auf, mich zurück ins Haus zu tragen, doch ich richtete mich in ihren Armen auf und schaute zu meinem Hund hinüber. Er kam hinter uns her, aber er humpelte schwer.

Im Haus trocknete Warm uns beide mit Handtüchern ab und nahm anschließend ihren Haarföhn und trocknete das Fell oberhalb von Sams Hinterbeinen. Nach einer Weile sah sie zu mir herüber und sagte: »Siehst du, was du angerichtet hast? Du wärest um ein Haar ertrunken und hättest beinahe auch den Hund umgebracht. Jetzt hinkt er wieder.« Sie begann zu weinen.

Ich kletterte auf ihren Schoß und schmiegte mich an sie. Ich leckte ihr Gesicht. Doch zum erstenmal wandte sie sich von mir ab. Sie bedeckte ihr Gesicht mit den Händen und fuhr fort zu weinen.

»Hör auf zu weinen«, sagte Pest. »Die Gefahr ist vorüber.« Doch Warm weinte nur noch mehr.

»Alle beide«, sagte Warm immer noch weinend, »beide auf einmal!«

»Es geht ihnen *gut*«, sagte Pest. »Sieh sie doch nur mal an!«

Der Hund lag mit offenem Maul auf der Seite, und ich lag, wie so oft, quer über seinen Zähnen.

»Tu so etwas *nie* wieder!« sagte Warm, und ich schwor insgeheim, mich zu bessern.

»Ich wundere mich, daß wir beide noch leben«, sagte ich später zu dem Hund.

»Ja, ich auch«, meinte er. »Es ist lange her, daß ich das letzte Mal im Fluß geschwommen bin, um Stöckchen zu apportieren.«

»Aber du wußtest, daß du mich retten kannst«, sagte

ich und kuschelte mich ein wenig dichter an ihn heran.

»Nein, das wußte ich nicht«, sagte er. »Aber du hättest das gleiche doch auch für mich getan.«

»Ich hätte nicht viel helfen können«, sagte ich. »Ich bin ein Idiot, und um ein Haar wärest du meinetwegen ertunken. Ich bin ein unnützer Kater.«

»Du hast mehr für mich getan als irgendein Lebewesen sonst«, sagte der Hund.

»Ich?« fragte ich erstaunt.

»Du«, sagte der Hund.

»Ich? Foudini?«

»Du«, sagte Sam.

»Ich habe viel für *dich* getan?«

»Habe ich das nicht gerade gesagt?« fragte Sam.

»Aber ich bin doch ein ganz unnützer Kater!«

»Nicht, wenn du jemanden dazu bringen kannst, dich zu lieben«, sagte Sam. »Dann bist du nicht unnütz. Du bist *mein* Kater. Meine Welt war klein und ruhig, bevor du in ihr auftauchtest.«

»Ich habe deine Welt bereichert?«

»Ja«, sagte Sam. »Das hast du.«

Ich wußte nicht, was ich sagen sollte, deshalb schwieg ich. Statt dessen verkroch ich mich in Sams Bauchfell, bis ich kaum noch zu sehen war. Schließlich richtete ich mich auf und sah Sam an. »Willst du sagen, daß du mir ins Wasser nachgesprungen bist, weil du mich liebst? Ist es das, was du sagen willst?«

»Ich bin dein Hund, und du bist mein Kater. Deswegen bin ich dir nachgesprungen. Natürlich liebe ich dich – *obwohl* du ein Kater bist und ich ein Hund. Laß uns nicht mehr vom Fluß sprechen.«
Das haben wir auch nie wieder getan, weder er noch ich. Ich hatte also endlich mein Abenteuer auf der Wiese gehabt, und dabei wäre ich fast ertrunken. Doch das schlimmste war, daß der Hund nun stärker humpelte als je zuvor.
Ist das eine Geschichte, die ich Grace erzählen könnte? Vielleicht werde ich ihr, wenn sie älter und vernünftiger geworden ist, vom Fluß erzählen und darüber, wie reißend seine Strömung damals war und wie eiskalt das Wasser gewesen ist und wie schwarz. Vielleicht werde ich ihr erzählen, was für Mühe ich noch Tage danach hatte, wieder normal zu atmen, weil meine Lungen nicht richtig arbeiteten. Ja, ich werde ihr eines Tages erzählen, wie mich mein Hund gerettet hat.

Ich war noch ganz in Erinnerungen an meinen Hund vertieft – *mein Hund* –, da war mir mit einemmal, als könnte ich ihn atmen hören, als fühlte ich die warme Luft aus seinem Maul, während er mein Fell mit seiner riesigen Zunge leckte. Und als ich aufsah, stand eine fremde Katze über mir, die ich noch nie gesehen hatte.
»Wach nicht auf«, sagte die neue Katze. »Du kannst

mich leichter sehen, wenn du schläfst. Die Steinkater haben mich geschickt. Ich bin Schneewittchens Katze. Ein Teil meines Fells ist schwarz wie Pech und der andere weiß wie Schnee.«

»Ja, du bist eine schwarzweiße Katze«, sagte ich.

»Auch du bist schwarz und weiß«, sagte sie. »Doch ich bin natürlich schöner als du. Wenn du mir sagst, wie schön ich bin, will ich dir meinen geheimen Namen verraten.«

»Du bist eine ganz unglaublich schöne Katze«, sagte ich. »Die prächtigste und wunderbarste Katze von allen.« Jeder, der mit Grace zusammenlebt und der nicht möchte, daß ihm seine Nase zerkratzt wird, braucht eine Menge Erfahrung im Komplimentemachen.

»Mein geheimer Name ist Ethel«, sagte Schneewittchens Katze.

»Ethel!«

»Oh, ja. Wir schönen Katzen nehmen immer schlichte Namen an. Unsere Namen erinnern uns daran, daß es im Leben mehr gibt als nur Schönheit und daß nicht jeder so schön sein kann wie wir. Allerdings, die Kleine, die dort drüben schläft, ist ausgesprochen hübsch.« Während sie das sagte, zuckte sie mit Schwanz und Ohren und kniff ihre Augen leicht zusammen, und auch ich zuckte mit dem Schwanz. Ich beobachtete die neue Katze – Ethel! – sehr aufmerksam.

»Aber ich bin nicht wegen deiner Katze hergekommen. Ich bin hergekommen, weil ich dir eine Geschichte erzählen will. Möglicherweise kennst du sie schon.

Es war einmal ein kleines Mädchen, dessen Haar war pechschwarz, und seine Haut war weiß wie Schnee. Aber seine Mutter liebte es nicht und verstieß es, so daß das Mädchen eines Tages in einen tiefen, dunklen Wald ging, wo es einschlief. Dort fand es eine große Katze, die es mit in ihren Bau schleppte, wo das Mädchen mit den Jungen der großen Katze aufwuchs. Es lernte, auf Bäume zu klettern und die Katzensprache zu sprechen, und wenn die Katzen von der Jagd zurückkamen, kämmte das Mädchen ihr Fell mit einem Kamm, den es aus Zweigen gefertigt hatte, und bürstete sie mit einer Bürste aus Kiefernnadeln. Oft, wenn das Mädchen allein war, lehnte es sich an den Baum draußen vor der Höhle und schlief ein, obgleich ihm immer wieder gesagt worden war, die Höhle nicht zu verlassen, bis seine Brüder und Schwestern zurückgekommen wären.

Eines Tages, als es wieder einmal an den Baum gelehnt eingeschlafen war, merkte das Mädchen, daß etwas in seinen Schoß gefallen war, und als es die Augen öffnete, fand es dort eine Traube von wunderschönen roten Weinbeeren. Da es ein heißer Tag war und das Mädchen Durst hatte, aß es eine der Beeren und fiel sogleich in einen tiefen Schlaf. Als die Katzen von ihrer Jagd zurückkamen, sprangen sie um das Mädchen herum, um es aufzuwecken. Doch das Mädchen schlief so fest, als hätte es die wundervollsten Träume, und die Katzen dachten, oh, es wird später aufwachen und uns dann bürsten und kämmen.

Doch Tage vergingen, und das Mädchen rührte sich immer noch nicht. Endlich kletterte die jüngste Katze (das war ich, mußt du wissen) auf den Schoß des Mädchens und begann zu weinen. Sie glaubte natürlich, das Mädchen müsse nun aufwachen, um sie zu streicheln. Doch das Mädchen schlief weiter. Voller Verzweiflung schob die kleine Katze nun ihren Kopf unter die Hand des Mädchens und bewegte sich so, daß die Hand des Mädchens auf ihrem Bauch zu liegen kam. Sie war sicher, das Mädchen würde nun aufwachen und es würde ihm wieder einfallen, die Katze zu streicheln, wie es das immer getan hat. Das Mädchen jedoch schlief weiter. Da endlich sah die kleine Katze die roten Weinbeeren, die bereits runzelig und verdorrt waren. Sie mochte gar nicht, wie sie rochen.

Die kleine Katze schnüffelte an den Beeren und schnüffelte an den Lippen des Mädchens, und da verstand sie, daß das Mädchen von den Weinbeeren gegessen hatte. ›Ich bin Schneewittchens Katze‹, sagte sie, ›und wenn Schneewittchen von den Weintrauben ißt, dann esse auch ich davon.‹ Doch kaum hatte sie eine Beere gefressen, schlief auch sie ein, gerade auf dem Schoß des Mädchens.

So schlief sie auf Schneewittchens Schoß, Schneewittchen war ja die ihr zugewiesene Person, und träumte und träumte, bis sie selbst in ihren Träumen meinte, alle ihre neun Leben verbraucht zu haben, und zwar sowohl ihre Tag-Leben als auch ihre Nacht-Leben. Doch eines Tages endlich erwachte Schneewittchen und mit ihr zusammen auch ihre kleine Katze. Wir befanden uns in einem Glaskasten! Draußen, vor dem Glaskasten, war ein Prinz, der ließ uns heraus.
Als er uns herausgelassen hatte, versuchte er, mich davonzujagen. ›Mach, daß du fortkommst, du flohstichiges Tier‹, sagte er und wollte mich gerade am Schwanz packen und weit in den Wald hineinwerfen. Ich war noch sehr schwach, und er hätte mich mit Leichtigkeit über seinen Kopf hinwegschleudern können. Doch das Mädchen begann zu weinen und sagte, es würde nirgendwo ohne seine Katze bleiben. Da ließ der Prinz von mir ab und sagte, daß ich bei ihnen bleiben könne, wenn das Mädchen es so wolle.
So lebte ich bei ihnen für den Rest meines Lebens. Doch als ich eines Tages für immer einschlief und mich nicht mehr rührte, bekam der Prinz große Angst. Er glaubte, das Mädchen würde mir geradewegs in den Tod folgen wollen!
Er dachte, ich muß die Katze irgendwie hierbehalten, sonst wird Schneewittchen fortgehen wie dieses Tier. Er zupfte Haare von meinen Ohren und meinem Schwanz

und brachte sie zur Hexe, die sie in einen Kuchen buk. Dann brachte man dem Mädchen den Kuchen, und es begann davon zu essen. Sobald es den Kuchen aufgegessen hatte, fing es an zu maunzen und zu schnurren und seine Finger zu krümmen, als meinte es, ihm seien Krallen gewachsen.

Von der folgenden Nacht an war ich bei dem Mädchen! Ich lag um seinen Nacken, meine Vorderpfoten auf einer Schulter, während mein Schwanz über seine andere Schulter herabhing, und wenn es herumlief, hielt es meinen Schwanz, damit ich nicht herunterfallen konnte. So waren wir zusammen wie eh und je. Das Mädchen verstand, daß wir durch niemanden und nichts jemals wieder getrennt werden würden, und so lebte es glücklich auf dem Schloß, denn ich war stets bei ihm, nachts, wenn es schlief.

Der Prinz wußte nicht, daß ich wieder da war, obgleich er mich hätte sehen können, wenn er in die Augen des Mädchens geschaut hätte, denn dort war ich, in beiden Augen des Mädchens, und sah ihn an. Er hat mich nie bemerkt. Und so lebten wir weiter vereint, auch wenn ich in den Augen des Prinzen nicht mehr existierte.

Nun, wenn du mir jetzt in die Augen siehst, kannst du Schneewittchen darin sehen. Wir sind niemals getrennt von denen, die wir lieben. Und wenn ich in deine Augen sehe, werde ich immer deinen Hund in ihnen sehen. Obwohl ich sagen muß«, schloß sie, indem sie gähnte und zu flackern begann, »daß es mir außergewöhnlich sonderbar erscheint, einen Hund als Lieblingswesen in den Augen eines guten Katers zu sehen.«

»Kannst du ihn sehen? Ist er wirklich da?«

»Er ist wirklich da. Er ist furchterregend groß und wedelt mit dem Schwanz.«

»Was hat er für eine Farbe?« fragte ich, denn Ethel, Schneewittchens Katze, erzählte mir ja vielleicht nur, was ich zu hören hoffte.

»Er ist schwarz und weiß und grau und braun und rostrot«, sagte sie. »Und er hat ein rotes Halsband mit Karos darauf«, fügte sie hinzu.

»Das ist Sam«, sagte ich glücklich.

Katze Grace liegt auf ihrem Rücken und schiebt sich in gewundenen Bewegungen allmählich durch das ganze Zimmer. Und während sie sich aalt und windet, schreit sie ununterbrochen sonderbare Laute, die wie *Hau* klingen. Aber sie dehnt ihren Ruf in die Länge, so daß er zu einem *Ha-uuuu* wird. So windet sie sich wie ein Wurm auf dem Rücken, bis sie schließlich genau unter meiner Nase anlangt und eifrig und erwartungsvoll zu mir emporschaut.

Wenn sie morgens aufwacht, fegt sie sogleich durch das ganze Haus und schreit aus Leibeskräften. Dabei gibt sie Töne von sich, die ich ihr niemals zugetraut hätte. Sie klingt dann kaum noch wie eine Katze, sondern eher wie ein Kleinkind, das gerade sprechen lernt. Es ist nicht auszuschließen, daß sie *tatsächlich* in den nächsten paar Wochen zu sprechen anfängt. Wie oft habe ich Warm sagen hören, daß sie glaubt, eines Tages würde eine ihrer Katzen den Mund öffnen und zu sprechen beginnen, diese Katze wäre dann jene noch fehlende biologische Zwischenstufe zwischen Mensch und Tier. Vielleicht ist Klein Grace ja wirklich diese Zwischenstufe. Wenn ja, dann ist sie jedenfalls eine sehr geräuschvolle, sehr zappelige Zwischenstufe.

Grace ist ärgerlich mit mir. Sie brüllt sich die Seele aus dem Leib. Ich glaube, ich gehe lieber runter in den Keller und schlafe in Ruhe und Frieden eine Weile auf den Heizungsrohren.

Seit dem Tag, an dem er aus der Tierklinik zurückgekommen war, hinkte mein Hund. Ich hatte mich mit der Zeit daran gewöhnt, daß er humpelte und jetzt sehr langsam lief und daß er sogar noch langsamer geworden war, nachdem er mich aus dem Fluß gerettet hatte. Doch jetzt stieß er manchmal, wenn er aufstand, kurze katzenartige Schreie aus und stand nicht mehr gleich auf, wenn wir gefüttert wurden, so daß ich dann bisweilen mit dem Kopf den Napf ein wenig näher zu ihm hinschob.

Immer wenn ich konnte, schlief ich dicht bei ihm und putzte ihn, und oft jagte er mich noch quer durchs ganze Haus wie zu Anfang, als ich hier bei ihm ankam. Doch er wurde langsamer und immer langsamer, und obwohl ich mir sagte, er sei nur faul, wußte ich, daß der wahre Grund ein anderer war.

Eines Morgens, als der Hund aufstehen wollte, war es wieder soweit, seine Hinterbeine wollten ihm nicht gehorchen. Erneut trugen ihn Warm und Pest hinaus zum Auto, und ich wußte, sie brachten ihn in die Tierklinik. Als ich ihm in die Augen sah, konnte ich erkennen, daß er nicht mehr damit rechnete, zurückzukommen, daß er sich damit abgefunden hatte, in dem Drahtkäfig einzuschlafen. Er würde für eine sehr lange Zeit schlafen, länger, als sich einer von uns auch nur vorstellen konnte. All das konnte ich in seinen Augen sehen. Doch als Pest ihn hochhob, war mir, als sähe er mich an, um zu sagen: »Bin bald zurück.« Dabei wedelte er noch einen Moment lang lebhaft mit dem Schwanz. Aber als Pest ihn dann aus dem Haus trug, wandte er sich nicht mehr um.
Letztesmal war er ja schließlich *auch* wiedergekommen, deshalb glaubte ich, daß er auch diesmal zurück kommen würde. Ich fraß jetzt mein Futter, sobald es mir hingestellt wurde, und schlief während des Tages auf der Couch, ohne meinen Rücken zum Zimmer zu drehen. Nachts schlief ich am Fußende des Bettes, weil hier der Geruch meines Hundes so intensiv war, daß ich mir besser vorstellen konnte, er sei noch da.

Während des Tages sammelte ich mit meiner Zunge Haare von Sams Fell und versteckte sie unter dem Teppich. Ich wollte sie, sobald ich konnte, in meinem Futternapf unter das dampfende Fleisch mischen. Nichts sollte *uns* jemals trennen. Ich sagte mir, daß ich keine Hexe bräuchte, die seine Haare für mich in einen Kuchen backte. Ich tat nur, was die Hexe auch getan hätte, wenn sie hier gewesen wäre. Aber Warm durfte nicht sehen, was ich tat. Sie mochte sonst denken, ich sei verrückt geworden, absichtlich Fellkügelchen zu fressen. Ich wollte warten, bis sie mir mein Futter hinstellte und dann nach oben laufen und die Haare des Hundes verschlucken. Dann käme er jede Nacht zu mir, solange ich lebte.
Jeden Tag stiegen Warm und Pest in das Auto und rochen nach dem Krankenhaus und dem Hund, wenn sie zurückkamen, doch nie kam der Hund mit ihnen nach Hause. Eines Tages dann kam Warm zurück, sie weinte, und Pest setzte sich zu ihr auf die Couch und sagte nichts. Er hob mich auf und setzte mich auf seinen Schoß, was er sonst nie tat. Da war mir klar, der Hund würde nicht wieder nach Hause kommen.
Warm weinte und sagte, mein Hund sei ein so guter Hund gewesen. Er habe fast nie gebellt. Immer habe er gemeint, wenn jemand an die Tür kam, daß er nur gekommen sei, um ihn zu besuchen. Er sei überhaupt nicht mißtrauisch gewesen, wie ich.
»Er hätte, glaube ich, nur gebellt, wenn jemand ins

Haus eingebrochen wäre, der mit einem Katzenfell verkleidet gewesen wäre. Anderen Katern hat er ja nachgebellt, erinnerst du dich? Wahrscheinlich hat er geglaubt, sie könnten Foudini etwas zuleide tun«, sagte Pest. »Ich habe nie begriffen, was er an dem Tier fand.«

Daraufhin schluchzte Warm noch stärker, und auch ich zuckte vor lauter Traurigkeit mit dem Schwanz, denn ich kann nicht leicht weinen.

Ich versuchte, Warm durchs Haus zu folgen, damit sie mich immer streicheln konnte, wenn sie weinen mußte. Ich dachte, mein Hund käme vielleicht irgendwie zurück, wenn ich ein braver Kater wäre, doch als er nicht nach Hause kam, obwohl ich ein braver Kater war und geduldig abgewartet hatte, drehte ich wieder meinen Rücken zum Zimmer. Zu allem Unglück wurde es im Haus auch noch wärmer und wärmer, wie mir schien, und immer wenn Warm und Pest die Treppe herunterkamen, sah ich ihnen über meine Schulter entgegen, ob sie womöglich die großen grauen Kisten mitbrächten.

»Der Kater wird auch noch sterben, wenn wir nicht etwas unternehmen«, sagte Warm.

Pest meinte, er wolle keine anderen Haustiere mehr.

»Kein Haustier für *uns*«, sagte Warm. »Eins für den *Kater.*«

»Ein Haustier für den Kater, sei doch nicht albern«, sagte Pest.

»Laß uns eine *Katze* für ihn anschaffen«, sagte Warm, und Pest antwortete, daß ich ja kaum wüßte, was ich eigentlich selbst sei. Ich knurrte, anstatt zu schnurren, und lag auf dem Sofa wie ein Hund, alle viere von mir gestreckt, und nagte vergnügt an Hundekuchen. Wie kam sie darauf, daß ich hier eine zweite Katze akzeptieren würde? Wieso fürchtete sie nicht, daß ich mich über jedes Katzenjunge hermachen würde und versuchen könnte, es umzubringen? Wie konnte sie annehmen, ich ließe es einfach zu, daß eine andere Katze auf ihrem Schoß sitzt? War es denn nicht deutlich zu sehen, daß sie meiner Meinung nach ausschließlich zu mir gehörte?

»Er ist ein braver und liebevoller Kater, und er wird jede Katze mögen, die wir zu seiner Gesellschaft ins Haus bringen werden, besonders wenn es ein Katzenjunges ist«, sagte Warm.

»Und wenn nicht?« fragte Pest.

»Er wird schon«, sagte Warm.

»Deshalb haben sie sich auf die Suche nach mir gemacht?« fragte Grace. »Weil *du* dich geweigert hast, dich zu erheben und im Haus Mäuse zu fangen? Sie haben *mich* zu *deiner* Unterhaltung angeschafft?«

»Sie haben sich natürlich viele Katzen angesehen, bevor sie sich für dich entschieden«, sagte ich, was ganz und gar nicht der Wahrheit entsprach. Warm hatte der Frau, die ihr das Haar macht, gesagt, daß sie eine neue

Katze möchte, und die Frau hatte geantwortet, daß sie gerade eine habe. Warm solle mal zu ihr kommen und sehen, ob sie ihr gefiele, worauf Pest gesagt hatte: »Du weißt doch, wenn du eine Katze siehst, sagst du sofort, die möchte ich haben und keine andere.« Und genauso ist es gekommen, aber diese Erklärung hätte Klein Grace überhaupt nicht gepaßt.

»Wieso haben sie sich denn gerade für mich entschieden?« fragte Grace. »War es wegen meines wunderbaren Schwanzes oder wegen der neckischen Fellbüschelchen in meinen Ohren?«

»Ich glaube sie mochten ganz besonders die Fellbüschelchen zwischen den Fußsohlen-Polstern an deinen Pfoten«, sagte ich. »Diese Fellpölsterchen, die du nie richtig putzt.«

»Oh«, sagte Klein Grace und hielt eine Pfote hoch, um sie in Augenschein zu nehmen. »Meine Pfötchen sind ja tatsächlich allerliebst. Wie kommt es, daß mir das noch nie aufgefallen ist?«

»Siehst du, du kommst vom Lande, aus der Nähe von Maushausen, und wenn du ein bißchen ruhiger und konzentrierter wärest, könntest du eine ganz besonders geschickte Mausjägerin sein.«

Sie kann wirklich nicht einen Augenblick stillsitzen und tänzelt gerade wieder einmal quer durch den Raum auf den Radiator zu, aus dem warme Luft strömt. »Ich *bin* bereits eine hervorragende Mäusejägerin«, sagte Klein Grace erbost.

»Ich hoffe nur, du fängst nicht wieder an, diesen Lärm zu machen«, sagte ich. »Wie schrecklich sich das anhört, schlimmer als ein kleines Menschenbaby!«
»Ich muß doch Lärm machen, wenn du überhaupt nichts verstehst!« sagte Katze Grace.
»Ich bin älter als du, und was du verstehst, verstehe ich schon lange. Ich verstehe sogar noch mehr als du.«
Daraufhin schaute Grace etwas mürrisch drein und entgegnete: »Aber du verstehst längst nicht alles.«
In dem Augenblick kamen Warm und Pest ins Zimmer und starrten mich an.
»*Reise-Alarm, Reise-Alarm*«, sagte ich zu Grace, die jedoch nur gähnte und meinte, sie wisse nicht, was mit mir los sei. Sie hat überhaupt nichts dagegen, mit dem Auto zu fahren. Hauptsache, sie kann, wenn wir in Maushausen angekommen sind, auf den Berg von Brennholz klettern, das Warm und Pest aus dem Holzschober ins Haus gebracht hatten. Das Brennholz ist immer voll von wundervollen Gerüchen, und manchmal kann sie darin sogar einen kleinen schwarzen Käfer finden, der herrlich knusprig ist, wenn man ihn zerbeißt.
»Aber«, meinte Grace, »ich sehe weder Kisten noch Tüten, die vollgestopft sind mit Büchern und Kleidungsstücken. Ich glaube nicht, daß sie fort wollen.«
»Aber irgend etwas haben sie vor«, sagte ich.
Das hatten sie tatsächlich, aber sie wollten offensichtlich wirklich nicht mit dem Auto fortfahren.

Am nächsten Tag kamen drei Männer ins Haus und gingen in den Keller, meinen sichersten Platz. Sie liefen um den Heizofen herum und betrachteten ihn, schlugen dagegen und griffen sogar nach einem seiner eisernen Arme und rissen ihn einfach ab!

»Wie alt mag das Ding wohl sein?« fragte einer der Männer.

»Der Ofen ist völlig veraltet«, sagte ein anderer.

»Der muß raus«, meinte wieder der erste Mann.

Dann fielen sie über meinen treuen Heizofen her und rissen ihn auseinander. Ich rannte die Treppe hinauf, laut jammernd. Warm sollte zu den Männern runter in den Keller und sie aufhalten! Wo sollte ich jetzt schlafen? War es nicht schon ganz kalt geworden, seitdem der Brenner nicht mehr lautstark schnaufte und rappelte?

»Hab keine Angst«, sagte Warm. »Morgen wird es wieder warm sein.«

Als es im Keller wieder ruhig war, lief ich hinunter, um den Ofen zu untersuchen. Er war aus dem Boden herausgerissen. Die meisten seiner Arme waren abgebrochen und lagen überall verstreut herum. Die Männer saßen auf der Treppe und aßen ihre Butterbrote.

Ich schlich mich auf einen der noch vorhandenen Arme des Brenners und kletterte von dort auf eines der Heizrohre, das unter dem Wohnzimmerfußboden entlanglief, und folgte ihm, bis es nicht weiter ging.

Hier war ich noch nie zuvor gewesen – ich befand mich zwischen der Kellerdecke und dem Wohnzimmerboden –, es war sehr staubig. Am Anfang mußte ich ununterbrochen niesen, doch dann schlief ich ein.
Ich wurde von einem markerschütternden Lärm geweckt. Es war der Heizkessel, der nach mir schrie, als die Männer irgend etwas mit seiner eisernen Außenhaut machten. Die Steinkater sagen, daß die Welt eines Tages untergehen wird, und daß man diesen Tag erkennen wird, weil dann nichts mehr so ist, wie es vorher war. Ein fürchterlicher Lärm geht dann los, und überall bricht Feuer aus. Bisher hatte der Heizofen nie ein Wort gesagt, doch jetzt schrie und schrie er ununterbrochen. Ich bin im Laufe der Zeit wirklich zu einem wohlbehüteten und glücklichen Kater geworden, aber ich bin nicht so dumm, zu vergessen, wie bedrohlich das Leben sein kann. Ich kroch unter dem Boden des Wohnzimmers tiefer in den Leitungsschacht hinein, bis ich über mir den Wohnzimmerfußboden und unter mir die Kellerdecke spürte. Ich steckte dort wie eine Wurst in einem Brötchen. Der Weltuntergang wollte und wollte nicht mehr aufhören, und der Heizkessel schrie und schrie, und ein ohrenbetäubendes Hämmern und Krachen erschütterte die Wände des Hauses, bis es auf einmal still war. Doch obwohl es jetzt ruhig geworden war, konnte ich nicht aufhören, am ganzen Körper zu zittern.

Da hörte ich Warm in den Keller kommen. Sie rief nach mir: *Foudini! Foudini!* Wieder und wieder rief sie nach mir und miaute mit ihrer besten Katzenstimme, doch ich wollte nicht hervorkommen. Die Welt war untergegangen, und dort draußen waren nur Staub und Asche und schreckliche Männer, die den Heizkessel zum Schreien brachten.

Warm nahm einen Besenstiel und begann, in meinen gewohnten Verstecken herumzustochern, doch sie konnte mich nicht finden. Bald darauf kam auch Pest in den Keller, um nach mir zu suchen. Er kletterte zu den Heizungsrohren hinauf und leuchtete mit einer Lampe in die dunkelsten Winkel. Aber ich war ganz am Ende eines langen, schmalen Schachts, und außerdem bin ich schwarz wie die Nacht und habe nur diesen weißen Streifen, und so wendete ich meinen Kopf ab und bedeckte meine Nase mit den Pfoten. Er konnte mich nicht sehen.

Nach einer Weile gingen sie wieder hinaus. Ich werde hier niemals herauskommen, nahm ich mir vor.

Dann hörte ich wieder Warm nach mir rufen: *Foudini! Foudini!* Doch ich würde nicht herauskommen, nicht einmal vor Hunger, und ich wußte, daß ich noch viel hungriger werden würde, als ich ohnehin schon war. Ich dachte an Katze Grace und hoffte, daß sie einen guten Platz gefunden hatte, jetzt, da die Welt untergegangen war.

»Die Welt ist nicht untergegangen«, sagte ein riesiger goldener Kater. »Die Welt geht nur einmal unter, und dann wissen wir eigentlich gar nicht, daß sie gerade im Begriff ist, unterzugehen.«
Ich hob meinen Kopf und schnüffelte. Doch der goldene Kater hatte keinen Geruch. Da wußte ich, daß er ein Traum-Kater war.
»Sie haben den Heizofen zerstört, den ich so mochte«, sagte ich. »Jetzt habe ich nichts, worauf ich schlafen kann, und nichts, woran ich von hier oben wieder herunterklettern könnte. Erzähl mir nur nicht, die Welt sei gar nicht untergegangen.«
»Dort drüben steht eine Leiter«, sagte der goldene Kater. »An der kannst du herunterklettern, wann immer du möchtest. Auf dem Fußboden steht ein Teller mit Futter, du mußt also nicht einmal hungrig sein. Glaub mir, die Welt ist nicht untergegangen, nicht für dich. Da ist schließlich immer noch Katze Grace, die oben nach dir weint, selbst im Schlaf. Denk darüber nach, ob du nicht lieber dieses Versteck verlassen möchtest, obwohl es ein wirklich gutes Versteck ist.«
Der goldene Kater war zu mir in meinen Tunnel gekrochen, und ich dachte, wenn er mich hier gefunden hat, dann könnte Warm mich womöglich auch finden.
»Oh, das weiß ich nicht«, sagte der goldene Kater. »Aber ich für mein Teil bin ein Experte im Durchstöbern von unbekannten, dunklen Schächten und finste-

ren, engen und geheimnisvollen Höhlen. Weißt du, ich habe ein ganzes Leben Erfahrung darin.«

Ich fragte ihn, wessen Kater er denn sei.

»Ich bin Freuds Kater«, antwortete er. »Der hätte heute einen schönen Eindruck von dir gehabt, sage ich dir. Deine kleine Frau sitzt dort oben und weint und zittert, und du versteckst dich hier unten im Keller in den Rohrschächten, weil dich ein lautes Geräusch erschreckt hat.«

»Wer ist diese Person, die dir zugewiesen wurde, dieser Freud?« fragte ich. Der goldene Kater antwortete, Freud sei ein seltsamer Mann gewesen, der die meiste Zeit seines Lebens in einem Zimmer damit zugebracht hatte, anderen Menschen zuzuhören, die auf einer Couch lagen und ihm Geschichten erzählten. Manchmal kamen diese Leute jahrelang, um sich auf seine Couch zu legen. Anschließend fühlten sie sich viel besser und lebten hinfort glücklich mit einer Menge junger und alter Katzen zusammen.

»Ich lege mich andauernd auf die Couch«, sagte ich, »aber wenn ich aufstehe und wieder hinunterspringe, dann bin ich nicht glücklicher als vorher, sondern höchstens weniger müde oder gelangweilt.«

»Es muß irgend etwas mit den Geschichten zu tun haben, die sie ihm erzählt haben«, sagte Freuds Kater. »Geschichten, von denen du noch nie im Leben gehört hast! Geschichten von Müttern, die sich in die Wangen gekniffen haben! Geschichten darüber, wie heiß der Haferbrei gewesen war und wie sie sich den Mund daran verbrannt haben! Von jemandem, der in der Küche den Koch geküßt hat, wahrscheinlich, weil der ein ganz besonders gutes Mausegericht zubereitet hatte. Lächerliche Geschichten über Schafe, die nachts auf Bäume klettern und dich in deinem Schlafzimmer anstarren. Dabei weiß doch jedes Kind, daß Schafe überhaupt nicht auf Bäume klettern können! *Wir* können auf Bäume klettern! Aber Schafe doch nicht! Ich weiß nicht, wie oft ich mir diese groteske Geschichte von Schafen auf Bäumen anhören mußte. Aber hat Freud wohl jemals gesagt: ›Schafe können nicht auf Bäume klettern‹? Nein, hat er nicht. Alles in allem waren das nicht gerade aufregende Geschichten, wenn du mich fragst«, sagte er und begann seine Vorderpfote zu putzen.

»Natürlich war mir nicht gestattet, auf der Couch zu liegen, wenn einer dieser Menschen dort lag. Das habe ich Freud auch ziemlich übelgenommen. Doch wenn ich mit ihm darüber sprach, meinte er nur: ›Wir alle müssen uns dem Unvermeidlichen beugen.‹ Aber was hat denn, bitte schön, das Unvermeidliche mit den Leuten zu tun, die mir meinen Platz auf der Couch wegnehmen? Ich *hätte* ja auf der Armlehne über ihrem Kopf schlafen können! Dort wäre genug Platz für mich gewesen. Ich hätte mich nur ruhig verhalten müssen, dann hätten sie nicht einmal gemerkt, daß ich da war!

Doch Freud meinte, sie würden merken, daß ich da sei. Ich müßte das verstehen – eine Katze sei nicht immer eine Katze. Das sei nicht wahr, habe ich zu ihm gesagt. Eine Katze sei *immer* eine Katze. Genau aus dem Grund würden wir schließlich nicht in Scharen in sein Arbeitszimmer einfallen und uns auf seine Couch legen und ihm Stunde um Stunde, Tag für Tag und Jahr für Jahr hahnebüchene Geschichten erzählen.

Ich glaube, er hat eine ganze Menge von mir gelernt«, sagte der goldene Kater. »Sein Schreibtisch stand voll von winzigen Statuen und kleinen Steinteilchen. Ich merkte immer, wie er mich beobachtete, wenn ich über seinen Schreibtisch stieg oder auf seinen Bücherregalen entlanglief, ohne irgend etwas kaputtzumachen oder herunterzustoßen. Ich erinnere mich noch, wie er eines Tages sagte: ›Ja, in der Weise müssen wir durchs Leben gehen, umsichtig und ohne auch nur das winzigste Staubkorn aufzuwirbeln, bevor die Zeit dafür nicht gekommen ist.‹ Ich hatte natürlich nicht die blasseste Ahnung, was er damit meinte. Eigentlich habe ich nie begriffen, was er sagte, es sei denn, er rief mich von der Couch herunter.

Aber wie uneinsichtig er war! Auf der Couch lagen Dutzende von Kissen, und wie viele Köpfe hat denn wohl ein Mensch? Eines dieser Kissen hätte wirklich für mich dabeisein müssen! Alles, was er zu tun hätte, wäre diesen Leuten zu sagen: ›Sehen Sie mal her! Sie haben mehr Kissen, als irgend jemand benötigt! Eins davon ist für meinen Kater!‹ Damit wäre die Angelegenheit geregelt. Doch statt dessen sagte er: ›Wenn diese Leute hier sind, dann gehört die Couch ihnen. Sie ist ihr Königreich!‹ Eine Couch und ein Königreich! Nun, wenn das ihr Königreich war, dann sollten sie es eben haben! Aber sobald er zur Tür hinaus war, machte ich Hackfleisch aus seinem Gummibaum!

Wie hat er geschimpft, als er das sah. Ich wollte wissen, warum er sich so sicher sei, daß ich das getan hatte. Doch er meinte: ›Wer sonst frißt denn hier Blätter und hinterläßt diese Bißspuren?‹ Als ich mir die Blätter genauer ansah, sah ich ein, daß nur eine Katze sie angenagt haben konnte. Als ich mich das nächste Mal über die Pflanze hermachte, habe ich deshalb die Blätter in Ruhe gelassen und habe die Erde um den Stamm weggescharrt und mich von unten her an den Gummibaum gemacht und die Rinde zernagt. Ich sah zufrieden, wie der Baum allmählich verwelkte und seine Blätter hängen ließ. Schließlich vertrocknete er und wurde von oben bis unten braun.

Aber Freud hat ihn sogleich durch einen neuen, gesunden Gummibaum ersetzt. ›Laß diesen Baum zufrieden‹, sagte er zu mir, woraufhin ich meinte, ich hätte doch nichts damit zu tun, daß der andere an irgendeiner Pflanzenkrankheit eingegangen sei, was könne denn ich dafür. ›Pflanzenkrankheit!‹ sagte er. ›Du warst wieder an seinen Blättern!‹ Nein, ich hätte die Blätter

nicht angerührt, verteidigte ich mich, nicht ein einziges. ›Dann ist dies ein großes Rätsel für mich‹, meinte er, ›ich werde der Sache auf den Grund gehen.‹
Aber das hat er nie getan. Es mußten noch einige Gummibäume dran glauben, aber ich bekam noch immer kein eigenes Kissen. Deswegen schlich ich mich nachts in sein Arbeitszimmer und wetzte mir die Krallen an den Decken, die er über die Couch gebreitet hatte. Doch auch das unterband er kurzerhand. ›Ich werde dir deine Krallen herausreißen lassen‹, sagte er. Das sei aber unfair, sagte ich. Hier kämen Menschen herein, die ihm Geschichten erzählten, wie sie ihrem kleinen Bruder oder ihrer Schwester die Augen herausgekratzt haben, *denen* drohe er ja auch nicht, ihnen die Fingernägel herauszureißen. ›Nun, das ist etwas völlig anderes‹, sagte er. ›Immerhin sind das ja Menschen. Aber du! Wenn du dich in Zukunft nicht benimmst, dann werde ich dir den Schwanz abschneiden!‹
Das machte mir natürlich angst, und ich beschloß, mich besser zu benehmen. Aber dennoch, wenn ich manchmal unter der Couch auf dem harten Fußboden lag und über mir die Stimme des Patienten hörte, die durch all das Leder, die Sprungfedern und die Roßhaarfütterung zu mir hindurchdrang, dann wurde ich wütender und wütender. Wenn dann ein Patient seine Hand herabhängen und vor mir hin- und herbaumeln ließ, dann konnte ich einfach nicht an mich halten und

schlug zu. Dann sah ich, wie Freud mich mit grimmigem Blick anschaute. Allerdings, manchmal schien ihm das auch überhaupt nichts auszumachen. Bisweilen lächelte er mir sogar ganz vergnügt zu, so als wollte er mich ermuntern, noch einmal zuzulangen, diesmal aber mit den Krallen draußen.

Er ließ nie meine Krallen entfernen, und natürlich, wie du sehen kannst, habe ich auch noch meinen Schwanz«, sagte der goldene Kater. »Aber du, wenn du hier weiterhin in dem Leitungsschacht wie eine tote Katze auf einer Couch herumliegen willst, dann muß ich dir etwas erzählen. Grace ist keine so kleine Katze mehr, wie du denkst. Sie windet sich unter deiner Nase und ruft dir zu, und du tust, als ob du nichts hörst und nichts siehst. Sicherlich weißt du aber, was sie will.«

»Sie will allen auf die Nerven gehen«, sagte ich. »Das tut sie immer.«

»Sie will Junge«, sagte Freuds Kater.

»Junge? Junge Katzen? Junge kommen in Schachteln in die Häuser, so wie ich hierher gekommen bin.«

»Versuch dich zu erinnern«, sagte der goldene Kater. »Warst du als Katzenjunges immer in diesem Haus?«

»Nein, eine Zeitlang habe ich als Junges auch in einem Keller gelebt.«

»Und davor?«

»Davor war ich ein Katzenbaby, das in einer Mauer zu Hause war.«

»Und davor?«
»Davor«, überlegte ich – doch ich konnte mich an nichts erinnern, was vor der Mauer gewesen war.
»Streng dich an, denk nach«, sagte Freuds Kater.
Da plötzlich war ich an einem warmen, dunklen Ort, wo dieses wundervolle *poch, poch, poch* tief und regelmäßig zu hören war. Ich konnte hören, wie jemand atmete, ein und aus, und wenn dieser jemand, wer immer es auch gewesen sein mag, einatmete, dann drückte mich etwas ganz sanft und ließ dann wieder los, so als ob ich gestreichelt wurde. Dann war da noch ein Geräusch wie Wasser. Auch das Wasser drückte mich sanft und hob sich dann wieder. Jetzt vernahm ich ein tiefes brummendes Geräusch, wie Schnurren, und in diesem Augenblick wußte ich mit einemmal, daß ich die Stimme meiner Mutter hörte.
Doch wo war sie?
Da begriff ich, daß sie überall war, rund um mich herum.
»Vor der Mauer war ich im Bauch meiner Mutter«, sagte ich. »Ich glaube, da bin ich gewesen.«
»Du warst dort«, sagte Freuds Kater. »Siehst du, wie sehr wir den menschlichen Geschöpfen überlegen sind? In nur wenigen Minuten bist du bis zu den Anfängen deines Lebens vorgedrungen. Du wirst nun ein sehr zufriedener Kater sein.« Er sagte das im Brustton der Überzeugung.
»Warum werde ich ein sehr zufriedener Kater sein?«

fragte ich ihn. »Alles, was ich getan habe, war, mich an meine Mutter zu erinnern, die ich verloren habe. Jetzt werde ich sie erneut vermissen.«

»Dummkopf!« sagte er. »Muß ich dir tatsächlich alles erklären? Deine Mutter war eine *weibliche* Katze. Und Grace ist eine *weibliche* Katze. Verstehst du endlich?«

Ich hatte verstanden. Und ich war empört.

Ich fragte ihn, ob er etwa behaupten wolle, daß sich meine Mutter mit schrillen Schreien über die Fußböden gewunden hätte, denn das hatte sie bestimmt nicht getan. Sie war bestimmt eine sehr anständige Katze, eine perfekte Katze, ein Vorbild an Schicklichkeit und Anstand. *Sie* ist sicherlich nie auf Garagendächer geklettert und hat sich um den Verstand gemaunzt, wie gewisse Straßenkatzen in dieser Gegend.

»Ich könnte mir vorstellen, sie ist genauso umhergewedelt«, sagte Freuds Kater sanft.

»Aber nicht meine Mutter«, sagte ich.

»Was machst du dann hier?« fragte mich Freuds Kater. »Wenn sie nicht auch ein bißchen getänzelt hat? Wenn nicht ein bestimmter schwarzer Kater gesehen hätte, wie sie dort umherwedelte und nicht auf sie hinaufgeklettert wäre und ihr leicht in die Schulter gebissen hätte?«

»Auf sie draufgeklettert und in die Schulter gebissen?« Trotz der Situation, in der ich mich befand, war ich neugierig.

»Manchmal biß er sie auch ein bißchen in das Hinterbein«, sagte er. »Einfach so.«
»Katze Grace würde das niemals wollen«, sagte ich voller Überzeugung. »Grace mag überhaupt nicht gebissen werden, geschweige denn, daß ich mich auf sie drauflege, dafür bin ich viel zu schwer. Grace hat Spaß daran, *mich* zu beißen, das macht sie *ständig.*«
»Wenn sie so umherwedeln, dann sind sie nicht wie sonst«, sagte er. Wie überzeugt dieser Kater immer schien!
»Das ist mir alles egal«, sagte ich. »Ich werde hier nicht runterkommen. Es ist Weltuntergang, und außerdem habe ich Angst vor Leitern.«
»Aber hör doch nur! Halte mal dein Ohr an die Unterseite des Wohnzimmerbodens, dann kannst du hören, wie Grace nach dir ruft. Du kannst jedes Wort hören, das sie sagt.«
Na gut, dachte ich, und hielt mein Ohr an das Dielenbrett über mir. »Sie wünschte, ich käme zurück und sänge für sie ihr Gutenachtlied«, sagte ich.
»Wenn die Welt untergegangen wäre, wünschte sie dann wohl, daß du zu ihr kämest und für sie sängest?«
»Das wäre nicht auszuschließen. Sie ist eine sehr verwöhnte Katze«, sagte ich.
»Sing dein Lied für Katze Grace, vielleicht hört sie dich ja durch die Dielenbretter.«
»Am Weltuntergangstag brauchen wir auch keine

Lieder mehr zu singen«, sagte ich, aber ich begann trotzdem, ihm das Lied leise vorzusingen, das Gutenachtlied, das ich immer für Grace gesungen hatte, dasselbe Lied, das ich zuvor auch für meinen Hund gesungen hatte, der es so sehr mochte. Er begann bei diesem Lied immer zu knurren, ein ganz seltsames Knurren, das sich ein wenig wie ein Schnurren anhörte.

Überall, wo Menschen hausen,
Läßt es sich ganz herrlich mausen.
Der beste Jäger, der bin ich,
Denn schlaue Mäuse kenn' ich nicht.

Öffnet die Verandatüren
Und laßt dort ein paar Krümel liegen.
Ich brauch' nicht mehr als Milch für mich,
Und viele Mäuse finde ich!

Es gab einmal ein Haus am Wald,
Drei Raben wohnten dort, und bald
Gab es hier keine Mäuse mehr,
Die unter Stühlen flitzten her.

Deswegen ist es Zeit zu geh'n,
Denn ich muß Mäuse flitzen seh'n.
Ich brauch' nicht mehr als Milch für mich,
Und viele Mäuse finde ich!

Öffnet die Verandatüren
Und laßt dort ein paar Krümel liegen.
Ich brauch' nur Sonnenschein für mich,
Und viele Mäuse finde ich!

»Die letzten Zeilen bilden einen Refrain«, sagte ich und schaute so bescheiden wie möglich. »Manchmal singe ich *Milch für mich* und manchmal *Sonnenschein für mich*, und ein andermal singe ich etwas anderes, je nachdem, was mir in den Sinn kommt. Das Lied habe ich selbst gemacht.«

»Freud sagte immer, die Kunst sei das edelste Bestreben des Menschen«, meinte der goldene Kater.

»Hätte ihm mein Lied wohl gefallen?« fragte ich ihn, und er antwortete, daß es ihm sicherlich gefallen hätte, obgleich er mir viele Fragen zu den drei Raben in dem Wald gestellt hätte. Ich sagte, daß Raben nun mal im Wald wohnten, und wie ja jeder weiß, müsse ein Gedicht sich reimen. Deswegen sänge ich vom »Haus im *Wald*, drei Raben wohnten dort und *bald*«, eben damit es sich reime. Die Frage-Antwort-Sitzung hätte also nicht allzuviel Zeit in Anspruch genommen.

»Freud hätte dich gefragt, warum dir das Wort *Haus* eingefallen ist«, sagte der goldene Kater. »Dir hätten ja auch ganz andere Wörter einfallen können. Du hättest beispielsweise sagen können, daß die Mäuse unter Sofas herflitzen anstatt unter Stühlen.«

»Ich hätte mir das Lied auch überhaupt nicht auszudenken brauchen!« schrie ich gereizt.
Freuds Kater seufzte und sah mich durch leicht zusammengekniffene Augen an.
»Mein Mensch hatte sicherlich kein sehr einfaches Leben«, sagte er. »Wirst du das Lied jetzt auch für Katze Grace singen?«
»Wenn du meinst, daß es ein gutes Lied ist.«
»Meiner Meinung nach ist es ein sehr gutes Lied.«
Also sang ich für Grace, so laut ich nur konnte. Und als ich zu Ende gesungen hatte, konnte ich hören, wie sie lauschte, wie sie über mir durch die Dielenbretter atmete.
»Was hast du morgen vor?« fragte Freuds Kater mich.
Ich antwortete ihm, daß ich wohl einen Weg finden würde, von diesem Heizungsrohr hier oben runterzukommen. Dann wollte ich mich auf Grace stürzen und ihr leicht in den Nacken beißen, um mal zu sehen, was danach passieren würde.
Freuds Kater schien damit recht zufrieden zu sein. Dann begann er zu flimmern und zu flackern, wie diese Geist-Katzen es immer tun, wenn sie sich von einem verabschieden. »Du kannst mich jederzeit rufen«, sagte er noch, »Tag und Nacht.«
Und schon war er nur noch ein schwaches Glimmen in der Dunkelheit, und im nächsten Augenblick war er verschwunden.
Ich war wieder allein und müde. Also legte ich meinen

Kopf auf meine Pfoten. Ich mußte eingeschlafen sein, denn plötzlich schüttelte mich eine rauhe Tatze an den Schultern und weckte mich auf.

»Du bist also wieder bei deinen alten Tricks angelangt«, sagte mein Hund. »Es ändert sich tatsächlich nichts.«

»Bist du es?« fragte ich überglücklich. Doch dann beschlich mich ein leichter Ärger. Warum war er so lange fort gewesen? »Hier hast du dich also versteckt?« fragte ich ihn.

»Auf der anderen Seite der Tür«, sagte der Hund. »Du hattest recht, weißt du. Es gibt tatsächlich eine Tür, durch die man vom Stadthaus nach Maushausen kommen kann.«

»Hab' ich's dir nicht gleich gesagt«, meinte ich.

»Aber ich mußte weit laufen, um die Tür zu finden«, sagte mein Hund.

»Weil du so stur bist. Hättest du nach der Tür gesucht, als ich es dir gesagt habe, hätten wir uns all diese Autofahrten sparen können.«

»Damals hätte ich sie nicht finden können«, sagte er. »Komm runter, ich werde sie dir zeigen.«

»Nein, ich komme nicht herunter«, sagte ich und fragte ihn, ob er gerade vom Krankenhaus zurückgekommen sei.

»Öffne die Augen«, sagte mein Hund.

Als ich sie öffnete, sah ich meinen Hund, und er schimmerte und bebte genau wie der Geist-Kater. Mein Hund! Er ist wieder da!

»Ja, ich bin wieder zurück«, sagte er. »Du hast die Haare meines Fells unter dein Futter gemischt und sie gefressen, deswegen konnte ich zu dir zurückkommen.«

»Nachdem ich das getan hatte, habe ich fürchterliche Bauchschmerzen bekommen«, sagte ich. »Nacht für Nacht habe ich Ausschau nach dir gehalten, aber du bist nicht gekommen.«

»Es hat mich mehr Zeit gekostet, als ich gedacht habe, eine neue Gerüche-Landkarte zu erstellen, weißt du«, sagte mein Hund. »Wie dem auch sei, ich wohne jetzt woanders, und als ich mich zu dir auf den Weg machte, verlief ich mich. Aber ich hörte, wie sie alle nach dir riefen, und dachte, daß ich mich besser beeile. Dein armer Mensch! Warm glaubt, du seiest durch die Kellertür entwischt, die die Arbeiter aufgelassen hatten. Sie hat die gesamte Nachbarschaft auf der Suche nach dir abgewandert. Mit einem Löffel und einer Dose konservierter Mäuse ist sie herumgelaufen, hat deinen Namen gerufen und dabei mit dem Löffel gegen die Dose geschlagen. Unter jeden Busch hat sie geschaut, ist auf die Veranden der Leute gestiegen und hat unter ihren Stühlen nach dir gesucht. Bald wird alle Welt glauben, sie sei verrückt geworden. Ist das die Art, wie sich ein Kater seiner ihm zugewiesenen Person gegenüber verhalten soll?«

»Ich bin wirklich nicht sehr nett gewesen«, mußte ich gestehen.

»Du warst schrecklich«, sagte der Hund.
»Ja, ich war schrecklich«, pflichtete ich ihm glücklich bei.
»Du gibst das zu?« fragte mich der Hund erstaunt.
»Ich würde alles zugeben«, sagte ich, »vor lauter Glück darüber, dich wiederzusehen.«
»Laß uns hinaus auf die Wiese gehen«, sagte der Hund. »Es sind jede Menge Maulwürfe dort und auch eine Familie von Streifenhörnchen. Ich trage dich am Nakkenfell, wie deine Mutter, als du klein warst.«
»Wir können nicht hinaus auf die Wiese«, sagte ich. »Wir befinden uns hier im Stadthaus. Du hast einen anstrengenden Weg hinter dir und bist wohl etwas verwirrt.«
Er packte mich vorsichtig, sprang hinunter und lief mit mir durch den Keller in eine dunkle Ecke.
»Hier ist die Tür«, sagte er, »gleich hinter dem Gitter.« Und da war die Tür. Sie öffnete sich vor uns, und wir befanden uns draußen auf der Wiese.
»Oh, Maulwürfe, Maulwürfe, Maulwürfe!« rief ich begeistert und begann mich in ein Loch im Gras hineinzuwühlen.
»Ohne auch nur nach links oder rechts zu schauen«, sagte mein Hund mit einem Seufzer. »Du mußt vorsichtig sein, auch wenn ich in deiner Nähe bin.«
Ich hörte auf zu graben und sah mich um.
»Hier ist es doch völlig sicher«, sagte ich. »Weit und breit niemand anderes zu sehen.«

»Davon mußt du dich aber überzeugen«, sagte er, »bevor du so selig anfängst zu buddeln. Im Maul eines Bären ist es nicht so gemütlich wie in meinem.«
»Laß uns über die Wiese laufen«, sagte ich. »Kannst du laufen?«
»Ich kann so schnell laufen wie eh und je«, sagte er. »Laß uns zum Fluß laufen. Er ist jetzt ruhig. Aber geh nicht zu dicht ans Ufer. Dort liegen viele Kiesel und loses Gestein herum, du könntest leicht ausrutschen, und dann liegst du wieder im Wasser.«
Wir liefen über die Wiese, und ich sprang in die Luft und fing orangefarbene, schwarze und weiße Schmetterlinge und Falter. Sogar eine junge Schwalbe fing ich, die zu tief gesegelt war, doch sobald ich den strengen Blick des Hundes bemerkte, ließ ich den jungen Vogel wieder frei, und er flog rasch davon.
»Diese Düfte!« rief ich. »Diese Düfte! Solche wundervollen Düfte!« Hier und da fraß ich etwas Gras ab, zerkaute trockene Blätter, drückte meine Nase an einen Baumstamm und sprang nach einem Glühwürmchen hoch in die Luft.
»Ich bin so froh, daß ich dich habe, zu dem ich zurückkommen konnte«, sagte mein Hund. »Hättest du mich nicht zu dir kommen lassen, hätte ich all die wunderbaren Gerüche dieser Wiese niemals wieder wahrgenommen.«
»Das hättest du doch!« sagte ich.

»Nein«, sagte der Hund. »Komm, laß uns noch einmal über die Wiese laufen«, rief er mir zu.
Und so rannten wir und liefen umher, und ich stürzte mich auf Frösche und Salamander und Käfer und schlug nach den Blumen, die im Wind schaukelten, bis mein Hund und ich ganz außer Puste waren und uns in die Sonne legten, um auszuruhen. Ich lag auf einer seiner großen Vorderpfoten und leckte mit meiner rauhen Zunge seine Nase.
»Ich hätte nie geglaubt, daß ich jemals diese Zunge an meiner Nase ertragen würde«, sagte der Hund. »Doch jetzt kommt es mir vor wie das schönste Gefühl der Welt.«
Wir blieben auf der Wiese liegen, bis es dämmerte.
»Ich glaube, es ist Zeit, zurückzulaufen«, sagte der Hund. »Sicherlich sucht schon alles nach uns.«
»Wirst du zurückkommen?« fragte ich ihn. »Versprich, daß du wiederkommst!«
»Du wirst mich nicht sehen, aber ich werde bei dir sein, und du wirst es merken, denn du wirst meinen Atem auf deinem Fell spüren.«
»Darf ich Katze Grace von dir erzählen?« fragte ich, doch mein Hund meinte, Grace sei noch eine sehr junge Katze. Vielleicht sollte ich warten, bis sie größer geworden sei und etwas von Geist-Katzen und -Hunden verstehe.
»Vielleicht ist sie ja jetzt groß genug«, sagte ich, »so wie sie sich herumwindet und maunzt. Sie singt solche

verrückten Lieder. Ich wünschte, du könntest einige davon hören.«

»Das habe ich«, sagte mein Hund. »Grauenhaft!«

»Aber sie selbst ist gar nicht so übel«, sagte ich.

»Nein«, sagte mein Hund.

»Ich liebe sie nämlich«, sagte ich und sah voller Schuldgefühle zu ihm auf. »Du bist *mein* Hund«, fuhr ich fort. »Du bist mein einer und einziger Hund!«

»Das reicht mir auch völlig aus«, sagte er. Wir waren wieder im Keller, in meinem Versteck unter dem Wohnzimmerfußboden, und er begann zu flackern und war dann verschwunden. Aber ich konnte den Duft seines Fells überall an mir riechen. Er war wirklich zu mir zurückgekommen!

Am nächsten Tag kam Warm in den Keller und fing an, meinen Namen zu rufen. *Foudini! Foudini! Foudini!*

Ihre Stimme klang so erbarmungswürdig, daß ich Mitleid mit ihr bekam. Ich kroch aus meinem dunklen Leitungsschacht, bis mein Kopf hervorlugte und sie mich sehen konnte. Als sie mich entdeckte, wie schrie sie da auf vor Freude!

»Hier unten ist er! Hier unten ist er! Hier ist er!« rief sie eins über das andere Mal, bis Pest selbst heruntergelaufen kam und hinter ihm her Grace, die ganz begeistert miaute.

»Wie sollen wir ihn dort herunterholen?« fragte Warm, und Pest sagte: »Ich stelle eine Latte gegen die Dekke, dann kann er daran herunterklettern, wenn er soweit ist.«

Den ganzen Weg von der Decke herab auf einer Latte laufen? Von der Decke bis zum Boden auf einem schmalen Brett? Ein Kater von meiner Größe?

»Wenn wir die Kommode darunterstellen«, sagte Warm, »dann könnte er von oben draufspringen. Es ist dann nicht mehr so hoch.«

»Stell seinen Napf auf die Kommode«, sagte Pest. »Futter ist doch das einzige, was ihn interessiert.«

Wegen dieser Frechheit, dachte ich, wollte ich bis zum Abend oben bleiben.

Das habe ich auch getan. Und als ich schließlich runterkam, herzte mich Warm fast zu Tode und nahm mich mit ins Bett. Und als Pest sagte, ich sei auf *seinem* Kissen und auf *seiner* Seite des Bettes, meinte Warm, ich könne ihre Seite haben, sie wolle versuchen, es sich außen am Bettrand gemütlich zu machen. Deswegen rückte ich ganz nah an sie heran, denn ich wollte nicht, daß sie aus dem Bett herausfällt und anschließend an Krücken durchs Haus humpeln muß, wie damals, als das Kind noch sehr klein war.

Erst am nächsten Tag stieg ich auf Klein Grace (wie Freuds Kater gesagt hatte, war sie tatsächlich nicht mehr so klein, wie ich gedacht hatte) und biß sie leicht in ihren Nacken. Zu meinem großen Erstaunen war sie sehr glücklich, gebissen zu werden, und verfolgte mich den ganzen Tag und leckte und putzte mich.

Das ist gar nicht schlecht, dachte ich. Ich glaube, ich mag das ganz gerne, dachte ich. Was für eine reizende Katze sie doch ist. Wie hatte ich das all die Zeit übersehen können?
»Du hast so ein wunderbares graues Fell«, sagte ich zu Klein Grace. »Und so wunderschöne runde, gelbe Augen.«
»Ich weiß«, sagte Grace.
»Du bist wirklich *sehr* hübsch«, sagte ich.
»Ja, das bin ich«, sagte Grace. »Ich bin deine Katze.«
Das war sie. Sie war meine Katze.
Noch ehe ich wieder zu Warm und Pest und Klein Grace ins Bett stieg, hatte ich begriffen, daß die Welt ganz und gar nicht untergegangen war.

Die Zeit verging, wie es ihre Natur ist, und oft kroch ich nachts ans Bettende, weil ich das Fell des Hundes roch, und ich wußte, daß er da war.
Im Keller stand jetzt anstelle des alten Heizofens mit seinen vielen Armen ein neuer, viereckig, glänzend und häßlich. Die runde Vertiefung im Kellerboden, die zurückgeblieben war, nachdem der alte Heizkessel abmontiert worden war, wurde zubetoniert und mit einem verschlissenen Teppich abgedeckt. Auch eine altersschwache grüne Couch stand jetzt in dem Raum, was für uns sehr praktisch war, denn im Winter war der Keller immer warm und im Sommer angenehm kühl, so daß wir uns mit Vorliebe auf diese Couch legten.

Dann, eines Tages, war Grace verschwunden, und wir begannen überall nach ihr zu suchen. Aber umsonst.
»Sie muß hier irgendwo stecken«, sagte Warm. »Sie kann nicht aus dem Haus gelaufen sein.«
»Es sei denn, sie ist über die Dachsparren nach draußen entwischt«, sagte Pest, der ein schrecklicher Schwarzseher ist und dem immer etwas einfällt, womit er uns beunruhigen kann.
»Such sie, such Grace«, sagte Warm zu mir. Aber ich konnte sie nicht finden, obwohl es überall im Haus nach ihr roch.
Am nächsten Tag, als Warm und ich auf der Couch im Wohnzimmer saßen, da kam, wie aus heiterem Himmel, Grace hereinmarschiert. Sie setzte sich auf den Teppich vor die Couch und sah zu uns hinauf.
»Was hat sie denn da im Maul?« fragte Warm. »Hat sie eine Maus gefangen? Oder ist es ein Socken? Es sieht aus wie ein nasser Socken.«
Auch ich konnte nicht erkennen, was Grace im Maul hatte, doch was immer es war, es war keine Maus. Es roch überhaupt nicht nach Maus.
»Ich glaube, es ist ein Socken«, sagte Warm, und in dem Augenblick legte Grace das graue Etwas vor uns auf den Teppich. Es bewegte sich und gab einen kleinen piepsenden Ton von sich.
»Es ist ein junges Kätzchen!« sagte Warm und wollte gerade aufstehen, um es etwas genauer zu betrachten, da zuckte Grace mit ihrem Schwanz und duck-

te sich, als ob sie das Junge gleich wieder mit ihren Zähnen fortnehmen wollte. Dann sah sie uns voller Erwartung an.

»Oh, es ist ein wundervolles, ganz wundervolles kleines Kätzchen«, sagte Warm. »Was für ein reizendes kleines Kätzchen du hast!«

Darauf schien Grace gewartet zu haben, denn ihr Gesicht bekam jetzt einen ganz verschwommenen Ausdruck vor lauter Stolz und Glück, und sie nahm das kleine feuchte Ding wieder vom Teppich auf und trug es aus dem Zimmer.

»Sie wollte es uns zeigen!« sagte Warm. »Ein kleines Kätzchen! Und da sagen sie, du wüßtest nicht, was du tun sollst, weil du alleine, ohne andere Katzen aufgezogen wurdest!«

Ein Irrtum mehr, dachte ich.

»Wir werden natürlich einige von ihnen fortgeben müssen«, sagte Warm.

Einige von ihnen!

»Denn für gewöhnlich sind es fünf oder sechs.«

Fünf oder sechs!

Es waren fünf, obwohl eins von ihnen sich nicht regte. Als ich herausgefunden hatte, wo Grace sich versteckt hielt, sagte sie, ich solle fortgehen, sie müsse das eine jetzt auffressen. Ich weiß nicht, ob sie's getan hat, aber als ich wiederkam, war das Kleine, das sich nicht bewegt hatte, verschwunden.

Schon nach kürzester Zeit sprangen alle vier kleinen

Kätzchen vergnügt unter der Couch im Keller umher, und nach ebenso kurzer Zeit begannen sie alle zu niesen, und ihre Augen verklebten und wurden krustig, genau wie damals bei mir.

Pest und Warm brachten sie zur Tierklinik. Dort wurden sie mit spitzen Nadeln gestochen und anschließend wieder nach Hause gebracht. Sie rochen dann alle nach Krankenhaus.

Sie wurden größer, und dann kamen Leute, um sie zu betrachten. Zwei der Kleinen kamen in Schachteln und wurden von den Menschen mitgenommen. Grace war sehr unglücklich deswegen, aber Warm erklärte ihr wieder und wieder, daß die Leute den Kleinen ein Zuhause geben und sich um sie sorgen würden. Sie würden es genauso gut haben wie sie selbst. Grace hatte auch genug zu tun mit den beiden, die ihr geblieben waren. Immer noch drängten sich die Kätzchen unter ihren Bauch, um zu trinken, und jagten und stupsten sie von früh bis spät.

Wir sind jetzt alle sehr glücklich. Warm und Pest sind glücklich. Ich bin glücklich mit Grace und den zwei Kleinen, die jetzt jeden Augenblick den Spiegel im Flur entdecken werden. Noch früh genug werden sie die Geschichten zu hören bekommen, die wir ihnen von unserem Leben als Hauskatze und Hauskater erzählen wollen.

Noch habe ich nicht einmal Mutter Grace von den Geist-Katzen erzählt, die mich im Traum besuchen.

Grace ist immer noch zu jung, um irgendwas davon zu begreifen – zumindest ist das meine Überzeugung –, und sie wird auch nichts davon verstehen, bevor sie nicht selbst älter geworden ist und die Geist-Katzen auch zu ihr kommen. Ich glaube kaum, daß mein Hund sie besuchen wird.

Jede Nacht singe ich für die Kleinen mein Lied. Sie schlafen jetzt mit Grace im Keller. Der blanke neue Heizofen im Keller ist übrigens viel wärmer als der alte. Überhaupt gibt es nur sehr wenig, worüber wir uns beschweren könnten.

»Wenn sie aufhören würden, die ganze Nacht herumzuturnen, könnten sie bei uns schlafen«, meint Pest.

Ich hätte so gern, daß der Hund wiederkommt. Bisweilen wünsche ich, wir hätten wieder einen Hund. Doch natürlich können wir nicht alles haben. Aber manchmal ist mir, als käme der Hund tatsächlich nachts, wenn ich schlafe. Am Morgen liegt dann oft ganz fein der Geruch seines Felles in der Luft.

Bald werden wir vier mit Warm und Pest zusammen oben im Bett schlafen. Dort am Fenster hört man die Zweige des Baumes kratzen, auf dem die Eichhörnchen spielen. Bald werden auch die Schneeflocken wieder zart gegen das Fenster klopfen, und die Eichhörnchen werden schwarze Fußstapfen hinterlassen, wenn sie von Ast zu Ast springen. Wir werden uns auf einen langen Winterschlaf vorbereiten.

Ich habe mein Versprechen eingelöst und Ihnen die Geschichte meines Lebens erzählt, die Geschichte eines Lebens, das längst noch nicht zu Ende gelebt ist. Foudini M. Cat (M. steht für Mausejäger), Hauskater von Stadthaus und Maushausen. Mein Leben, von mir selbst verfaßt, jedes Wort nichts als die Wahrheit.